LE BATTEUR D'ESTRADE

PAR PAUL DUPLESSIS.

DEUXIÈME SÉRIE.

X

LE GUET-APENS.

Huit jours s'étaient écoulés depuis que le Batteur d'Estrade avait quitté le rancho de la Ventana, et M. Henry habitait toujours la ferme. Panocha, revenu de Guaymas, mettait tous ses soins à fuir le jeune homme, et, par conséquent, ne le gênait en rien par sa présence. Quant à dona Antonia, il aurait été difficile de dire si le séjour prolongé de

son hôte lui était agréable ou pénible, tant ses manières vis-à-vis de lui étaient restées simples, naturelles, dénuées de toute affectation. Elle ne semblait ni l'éviter, ni le rechercher. Du reste, depuis le départ du Batteur d'Estrade, un changement notable se remarquait dans la charmante enfant : son insouciante et espiègle gaieté d'autrefois avait fait place sinon à la mélancolie, du moins à la réflexion et au recueillement. Il devait s'opérer un grand travail dans son esprit.

Si Antonia était changée, M. Henry, lui, n'était plus reconnaissable. La transformation qu'il avait subie était si complète, que la jeune fille s'en était elle-même aperçue. Son regard fixe, sec et hautain, était devenu rêveur, hu-

4

mide et tendre ; la brusquerie anguleuse de ses mouvements s'était fondue en un laisser-aller plein d'abandon ; et sa voix, ordinairement nette et impérieuse, s'était voilée et avait pris les accents d'une véritable douceur.

Il était neuf heures du matin ; le ciel resplendissant de lumière et sans un seul nuage qui tachât son azur, promettait une journée magnifique. M. Henry, assis dans le jardin de la ferme, au pied d'un bananier qui le recouvrait de son gigantesque éventail de verdure, était plongé dans cette espèce d'extase que les Orientaux nomment *kief* et qui laisse flotter l'esprit entre la réalité et le songe. Bientôt, ses paupières à moitié closes, se relevèrent, son œil s'anima, et une contraction nerveuse plissa ses sourcils : la réalité reprenait le dessus.

— Encore quinze jours de ce régime, murmura-t-il, et je ne serai plus bon qu'à parader avec une houlette et à souffler dans un chalumeau. Je reconnais maintenant combien j'avais tort quand je me moquais jadis des œuvres de M. de Florian. Oui, c'était un grand poëte et un profond observateur que cet aimable dragon ; et je ne m'étonne plus maintenant que M. de Penthièvre le tînt en si haute estime. Plaisanterie à part, je joue depuis une semaine un rôle d'autant plus ridicule, qu'il n'entre ni dans mes habitudes ni dans mes moyens. Moi, amoureux et amoureux timide ! Allons donc, cela n'a pas le sens commun. Quoi ! je serai resté huit jours en tête-à-tête avec une enfant de dix-sept ans, sans oser risquer une déclaration, sans mener à bonne fin une aussi facile entreprise ? Mais c'est de la folie, de l'absurdité, de l'idiotisme ! Si encore j'avais affaire à une coquette émérite, toute cuirassée d'égoïsme et de glace, mon inaction s'expliquerait jusqu'à un certain point. Quand on a devant soi un formidable ennemi à combattre, on a le droit d'attendre le moment opportun pour l'attaque. Mais Antonia, une espèce de campagnarde, moins que cela même, une espèce de sauvage naïve, crédule et sans aucune expérience des choses d'ici-bas ! c'est à en mourir de honte ! Allons, ma résolution est irrévocablement prise. Voilà assez de temps perdu. Je veux que la journée d'aujourd'hui voie se terminer au gré de mes désirs, cette déplorable et trop longue pastorale.

Le jeune homme fut troublé dans ses réflexions par l'arrivée de la personne qui en était l'objet, par Antonia. Il se leva vivement et s'avança à sa rencontre.

— Señorita, dit-il en s'inclinant devant elle, l'agréable promenade que je viens de faire dans le jardin m'a mis en appétit d'exercice ; j'ai fort envie de partir pour la chasse. Inutile d'ajouter, que si, par hasard, vous aviez formé de votre côté un projet semblable, je serais ravi de vous avoir pour compagne de mes dangers et pour témoin de mes exploits.

— Non, je vous remercie, señor don Enrique ! Depuis quelque temps, la chasse n'a plus pour moi d'attrait.

— Dois-je chercher la cause de cette indifférence, señorita ?

La question de M. Henry parut troubler la jeune fille.

— Cette cause est fort simple, dit-elle, c'est que je suis dans une veine de paresse. J'ignore comment cela se fait, mais depuis un mois mes occupations et mes plaisirs d'autrefois me fatiguent et m'ennuient.

— S'avouer que l'on a un défaut, c'est s'engager à le corriger. Allons, señorita, un peu de courage ; faites un effort sur vous-même et venez avec moi. Je suis persuadé que notre petite excursion vous délivrera de votre paresse et de votre ennui. Et puis, je ne vous le cacherai pas ; dussiez-vous m'accuser d'égoïsme, si j'insiste tellement, c'est que je ne serais pas fâché d'avoir un compagnon de chasse car je ne connais nullement les environs du rancho.

— Eh bien ! soit, señor je vous accompagnerai.

— Quand partirons-nous ?

— Il est déjà bien tard ; ce sera, si vous le voulez, après la sieste.

— C'est convenu ! Cependant la matinée est le moment le plus favorable pour rencontrer du gibier. Pourquoi ne pas nous mettre en route tout de suite ?

— C'est que, dans deux heures, la chaleur du soleil ne sera déjà plus supportable.

— C'est vrai, mais rien ne nous empêchera de nous réfugier alors dans la forêt. Le gibier, lui aussi, aime à faire sa sieste dans les bois ! Qui sait si, tout en nous reposant, nous ne trouverons pas l'occasion de placer heureusement une balle ?

— Vous avez raison, señor ; je connais justement un endroit ombragé et où nous n'aurions rien à craindre des insectes venimeux ni des serpents.

— Alors tout est pour le mieux, nous pouvons partir.

M. Henry avait soutenu ce court dialogue avec un air d'indifférence admirablement bien simulé.

— Désirez-vous que nous emmenions Panocha, demanda Antonia, prête à s'éloigner, il nous aidera à rapporter le gibier ?

— Voilà une excellente idée, señorita, s'écria le jeune homme ; mais, j'y songe... Non, non, laissons Panocha au rancho. Ce brave garçon est d'une extrême susceptibilité, surtout devant les étrangers ; il croirait que l'on exige de lui un acte de servilité et serait cruellement mortifié, ce qui me contrarierait fort ; car, au demeurant et malgré ses petits travers, c'est une excellente nature d'homme que ce Panocha ! honnête et doux au possible, si je ne me trompe !

— Andrès est excellent !

Dix minutes après cette conversation ; M. Henry et Antonia, armés de leurs carabines, sortaient ensemble du rancho et passaient devant le susdit Panocha, qui, appuyé contre le mur, fumait gravement sa cigarette.

Le Mexicain eut un regard de vipère ; mais, se composant aussitôt un mielleux sourire et un humble maintien, il salua profondément son ancien adversaire.

Vers les onze heures, M. Henry, qui jusqu'alors avait laissé une entière liberté à sa charmante compagne de chasse, se rapprocha insensiblement d'elle, de façon à la rejoindre sans toutefois avoir l'air de montrer nul empressement.

— Señorita, dit-il, votre prophétie s'est réalisée. La chaleur de l'atmosphère n'est plus supportable au soleil. Ne m'avez-vous pas parlé tantôt d'un abri ombragé et privé de serpents que vous connaissez dans les environs ?

— Oui, señor, c'est ce bois... là... à cent pas de nous. Désirez-vous que nous nous y réfugiions ?

— Oh ! bien volontiers !

Le bois dans lequel pénétrèrent les deux jeunes gens présentait un coup d'œil enchanteur. Des arbres d'une prodigieuse grosseur, mais assez clair-semés, le couvraient littéralement d'un toit de feuillage assez épais pour garantir le sol de la brûlure du soleil, mais non pas assez touffu pour empêcher l'air de circuler librement à travers les branches. La terre, garnie d'une mousse fine et serrée, assez semblable à un tapis de velours émeraude, n'offrait aucun refuge aux reptiles et aux insectes, et permettait au voyageur un doux et tranquille repos. Il n'y a guère de forêts au Mexique qui ne possède de semblables oasis.

— Que pensez-vous de mon hospitalité, señor? dit la jeune fille, en s'asseyant gracieusement au pied d'un arbre.

Le jeune homme s'inclina sans répondre. Son teint pâle, l'oppression de sa poitrine, la mobilité de ses narines et par-dessus tout la flamme de son regard, disaient qu'il était en proie à une émotion violente. Il jeta par terre le gibier qu'il avait tué, appuya sa carabine contre le tronc d'un arbre, et, après une hésitation courte, il prit lentement place auprès d'Antonia.

— Ne m'avez-vous pas fait l'honneur de m'adresser tout à l'heure la parole, señorita? dit-il.

— Oui, señor, je vous demandais ce que vous pensiez de ce bois?

— Je pense, Antonia que les plus splendides beautés de la nature ne sont rien à côté de vous, qui en êtes la merveille!

La jeune fille parut n'attacher aucune importance à cette réponse, et pourtant elle frissonna.

— Qu'avez-vous, Antonia? reprit vivement M. Henry.

— Je ne sais... J'ai froid...

— Froid, par ce temps? Peut-être est-ce ce passage sans transition du soleil à l'ombre?

Antonia resta un instant silencieuse; puis tout à coup elle se leva brusquement.

— Ce n'est pas froid que j'ai, murmura-t-elle.

— Quoi donc?

— J'ai peur...

Le jeune homme s'était également levé.

— Peur? répéta-t-il en essayant de sourire! Permettez-moi, dona Antonia, de m'étonner de cette réponse. Quel danger pouvez-vous courir ici?

— Aucun... je le sais... mais que voulez-vous, señor?... l'impression que j'éprouve l'emporte sur mon raisonnement et sur ma volonté.

— Je le concevrais encore, si vous aviez un motif, quelque puéril qu'il fût...

Antonia poussa un cri étouffé, et, interrompant M. Henry:

— Adieu, señor! dit-elle.

— Quoi! vous songeriez à vous remettre en route malgré la mortelle chaleur du ciel? Soyez assurée que je ne vous laisserai pas commettre une pareille imprudence. Un rayon de soleil de midi tue, vous ne l'ignorez pas, aussi sûrement qu'une balle de fusil.

La jeune fille, sans tenir compte de cet avertissement, se disposait à reprendre sa carabine qu'elle avait déposée par terre; mais le jeune homme, se plaçant devant elle et la saisissant doucement par le bras:

— Antonia, lui dit-il d'un ton qui dénotait une froide et irrévocable détermination, j'emploierai, dans votre intérêt, la force s'il le faut pour vous retenir; vous ne partirez pas!

Au contact de la main qui effleurait le contour arrondi de son bras, la pauvre enfant se recula avec une précipitation pleine d'effroi.

— Mais, c'est vous, señor, qui me faites peur! s'écria-t-elle.

Un long silence suivit ces paroles.

— Je vous fais peur, Antonia? reprit M. Henry avec un accent mêlé d'ironie et d'étonnement; que craignez-vous donc de moi?

— Je ne le sais.

— Que je vous vole?

— Ah! señor!...

— Que je vous tue?

— Non, non... A quoi vous servirait ce crime?

— Eh bien! alors, quelle est donc la cause d'une terreur si peu flatteuse pour moi?

— Je ne la devine pas! Oubliez, señor, je vous en prie, l'aveu qui s'est échappé de mes lèvres; je reconnais que j'ai tort, mille fois tort; mais, que voulez-vous? je ne me comprends pas moi-même; il faut que je sois folle, insensée! Oui, je déclare que vous êtes un caballero d'honneur; je n'ai jamais eu à me plaindre de vous en aucune façon, mon bon sens me dit que je n'ai rien à redouter de votre caractère; et pourtant, je vous le répète, vous me faites peur, bien peur!

— Antonia, si le langage que vous me tenez en ce moment sortait de la bouche d'une autre femme, je n'y verrais qu'un motif de gaieté, et j'y répondrais par des plaisanteries; venant de vous, il m'affecte profondément!... Toutefois votre défiance, à la fois si vague et si injurieuse, m'est précieuse, en ce sens qu'elle me permet d'aborder franchement un sujet qui nous intéresse également tous les deux et que je n'ai osé, je ne sais pourquoi, traiter jusqu'à ce jour!... Antonia, je vous aime!...

— Vous m'aimez! répéta la jeune fille avec stupeur! eh! non... cela n'est pas!

— Enfant, poursuivit M. Henry avec une violence passionnée, je vous aime comme jamais personne ne saurait et ne pourrait vous aimer. Écoutez-moi, Antonia. Vous ne connaissez rien à la vie... je ne suis pas un homme ordinaire... mon amour est pour vous un triomphe et un bonheur dont il vous est difficile de comprendre la portée. Dans ma patrie, en France, la terre des splendeurs et du plaisir, je compte parmi les plus nobles familles... A mon nom, s'ouvrent toutes les portes des plus illustres salons... j'ai le droit de me présenter et d'être reçu partout, et cela, non pas parce que le hasard m'a protégé à ma naissance, maisbien parce que ma tête dépasse la foule, et qu'il n'est pas un homme qui ose soutenir la fixité de mon regard! pas un qui ne tremble devant ma colère! Moi, qui mendie un de vos sourires, Antonia, j'ai vu les femmes les plus fières briguer comme une grande faveur l'honneur d'attirer mon attention! Antonia, vous ne soupçonnez pas non plus les trésors de grâce et de beauté qui brillent en vous. Vous passez misérablement dans une triste solitude une existence qui, en France, serait un perpétuel enchantement. Appuyée à mon bras, forte par mon amour, invincible par votre beauté, que rehausserait encore l'éclat de superbes parures, vous seriez la reine adulée et incontestée de toutes les fêtes !... Vous auriez un peuple de gentilshommes, de caballeros, à vos genoux. Eh bien ! cette existence de joies et d'enivrements, il ne tient qu'à vous qu'elle soit la vôtre ! Dans six mois d'ici, je dois être riche à millions ; et vous, ma maîtresse bien aimée, vous partagerez cette étonnante et prodigieuse fortune !

Antonia avait écouté M. Henry sans essayer de l'interrompre. L'air à la fois distrait et attentif de la jeune fille donnait à supposer qu'elle poursuivait la solution d'un problème, plutôt qu'elle ne cherchait un sens aux paroles de son interlocuteur.

M. Henry attendit pendant quelques secondes.

— Eh bien ! Antonia, reprit-il, vous vous taisez ?... Ne m'auriez-vous pas compris ? La nature vous aurait-elle prodigué les dons de la beauté au détriment des clartés de l'intelligence ? Mais non... tout en vous est exceptionnel, l'âme comme le visage !... Vous réfléchissez, sans doute, à la nouvelle existence que je vous propose, aux enchantements qui vous attendent, et votre imagination, qui n'a pu encore se développer dans la misérable vie que vous menez, reste troublée, fascinée, confondue aux éblouissantes perspectives qu'elle entrevoit.

— Señor, répondit Antonia, je suis bien ignorante, il est vrai, des choses de la vie... Le peu que je sais, je l'ai appris dans les livres qui me viennent de ma mère. Cependant si les nuances de votre langage ont pour moi une certaine obscurité, je saisis le fond de votre pensée... Ce que vous souhaitez, c'est mon malheur et ma honte !...

— Antonia...

— Je vous ai patiemment écouté, señor, laissez-moi donc vous répondre. Il est possible, comme vous venez de le dire, que Dieu ait refusé la clarté à mon intelligence ; en revanche, dans sa bonté infinie, il m'a accordé la conscience du bien et du mal. Oui, il y a en moi, je vous le répète, un sentiment que je ne saurais définir, qui me guide dans toutes mes actions, et qui, jusqu'à présent, ne m'a pas encore trompée. Je n'ai jamais eu à revenir sur une impression première. J'ai toujours su distinguer les bons des méchants ou du moins ceux qui me souhaitaient du bien de ceux qui me voulaient du mal. Cela doit vous paraître étrange. Je vous jure pourtant que c'est vrai. Combien de fois n'ai-je pas été étonnée moi-même, presque effrayée, en voyant se réaliser des pressentiments que j'avais d'abord repoussés comme étant extravagants, insensés ! Si, tout à l'heure, vous m'avez causé une frayeur aussi vive, c'est que vous aviez de méchantes intentions ; lesquelles ? je l'ignore...

— Prenez garde, enfant, s'écria le jeune homme d'une voix qu'il s'efforça de rendre calme, mais qui vibrait de passion et de colère, prenez garde, enfant ! la soumission et les prières peuvent parfois me désarmer : les obstacles ne font que m'irriter. Ne ne poussez pas, par une méfiance insultante, dans la voie de la violence... Vous auriez à vous en repentir amèrement plus tard... Croyez-moi, Antonia ; fiez-vous à mon amour...

— Votre amour, señor, interrompit la jeune fille, avec un effroi mêlé d'indignation qui fit resplendir son divin visage, oh ! je vous en conjure, ne parlez pas ainsi !...

Vous prétendez que vous appartenez à une illustre famille... et vous ne reculez point devant le mensonge... Un vrai caballero ne saurait être un menteur !...

— Ainsi, vous doutez de mon amour ? demanda le jeune homme avec un sourire qui fit instinctivement tressaillir Antonia.

— Je n'en doute pas, señor, je le nie !

— Alors, comment appelez-vous le sentiment qui m'entraîne vers vous ?

— Un crime ! señor !...

— Un crime !

— Oui, un crime ! répéta avec force la jeune fille, car vous n'avez jamais eu à vous plaindre de moi, et cependant vous rêvez mon malheur !

— Eh bien ! soit. Au fait, cela simplifie beaucoup la question. Je suis un infâme, capable des plus odieuses actions... c'est convenu... Après ?

Antonia regarda tristement M. Henry, et d'un ton de compassion :

— Je vous plains, señor, dit-elle lentement ; vous devez être bien malheureux !

Pendant quelques instants, le jeune homme resta comme accablé ; mais bientôt les pommettes de ses joues livides se colorèrent, l'éclat de ses yeux redoubla d'intensité, et ses lèvres pâles, minces et brûlantes frémirent sous la contraction de ses nerfs violemment excités.

— J'ai pu accepter vos craintes et vos soupçons, Antonia, reprit-il en scandant pour ainsi dire chacune de ses paroles, mais je ne saurais en faire de même pour votre commisération et votre dédain... Regardez-moi bien... je suis calme... Je m'exprime posément... tranquillement... sans éclat... n'est-il pas vrai ? Eh bien ! savez-vous ce que signifie ma modération ? Que je serai pour vous inexorable, sans pitié... que ne pouvant vous faire partager mon amour, je vous l'imposerai. A défaut de votre sourire, j'aurai vos larmes... Ah ! vous vous êtes imaginé, ma belle enfant, que vous aviez affaire à une espèce de Panocha. Vous avez pris ma retenue pour de la timidité, de la gaucherie ; et votre petit orgueil de ranchera s'est exalté outre mesure à la pensée que vous repousseriez les hommages d'un caballero ? Parbleu ! vous vous êtes étrangement trompée !

— Mon Dieu ! que veut cet homme ? murmura Antonia.

M. Henry la contempla pendant quelques instants avec une sinistre admiration, si l'on peut s'exprimer ainsi ; puis, reprenant la parole, mais cette fois sans se contraindre, et en laissant librement vibrer sa voix :

— Enfant, que tu es donc belle ! s'écria-t-il. Ah ! si j'étais capable d'aimer, je sens que je serais fou de toi !...

Alors le jeune homme, par un geste plus rapide que la pensée, saisit la main d'Antonia, et la retenant malgré les efforts de la pauvre enfant pour se dégager :

— A quoi bon cette indignation, dit-il avec moins d'emportement, elle nuit à ta beauté sans affaiblir mon amour !..

— De grâce, señor, laissez-moi ! le contact de votre main me glace le sang... Il me semble que je suis liée par l'étreinte d'un reptile venimeux.

Cette imprudente exclamation fut la goutte d'eau qui fait déborder la coupe trop pleine. Toutes les mauvaises et impétueuses passions du jeune homme éclatèrent.

— Ah ! misérable ! s'écria-t-il en serrant avec une violence frénétique la main d'Antonia dans les siennes, ce dernier outrage met le comble à la mesure ! Tout à l'heure tu as prononcé le mot « crime »... tu pourrais bien, ainsi que tu le prétends, posséder en effet la prescience de l'avenir.

Phénomène inexplicable et étrange ! A mesure que croissait la fureur de M. Henry, le calme revenait à Antonia.

— Il est heureux pour vous, señor, dit-elle froidement, qu'il n'y ait pas de témoins de ce qui se passe ici, car vous seriez à jamais déshonoré.

— Déshonoré pour avoir laissé tomber mes regards sur une ranchera ?

— Non, señor, mais pour avoir abusé de votre force vis-à-vis d'une femme... regardez ma main !...

M. Henry obéit : des gouttelettes de sang, semblables à des grains de corail, perlaient sur les ongles roses de la pauvre enfant.

— Oh ! pardonne-moi ! Ta beauté m'avait rendu fou ! s'écria-t-il en jetant ses bras autour de la taille d'Antonia.

Il faudrait un pinceau et non une plume pour rendre la sublime indignation qui illumina le visage de la jeune fille.

Avec une souplesse féline et une force virile que l'on n'aurait jamais soupçonnées dans une aussi frêle et gracieuse créature, elle s'était dégagée de l'étreinte de M. Henry.

— Oh ! vous me faites horreur ! s'écria-t-elle ; mais je n'ai plus peur... car je sais maintenant que vous me tuerez !.. Un danger inconnu m'effrayait... Je ne baisserai pas les yeux devant la mort...

Le regard d'Antonia était d'une si triomphante fierté, sa pose exprimait un si superbe dédain, que M. Henry hésita.

L'admiration avait remplacé en lui la colère.

— Non... je ne faiblirai pas, murmura-t-il enfin, ce serait une lâcheté et une honte !

Le jeune homme s'élança vers Antonia, lorsque, poussant tout à coup un cri qui n'avait rien d'humain et qui ressemblait au rugissement d'un tigre blessé à mort, il tomba de toute sa hauteur sur le sol.

La chute de M. Henry démasqua Panocha, qui apparut, tenant un couteau ensanglanté à la main.

Le Mexicain contempla d'un air radieux son ennemi gisant à terre.

— C'est bien flatteur pour moi, dit-il, un homme qui a tué six ours gris... Eh bien ! señorita, continua don Andrès Morisco y Malinche y Nabos en s'avançant vers la jeune fille, que la surprise et la terreur retenaient immobile à sa place, n'avais-je pas raison de vous répéter sans cesse que vos excursions aboutiraient un jour ou l'autre à quelque catastrophe ? Voyez ce qui serait advenu aujourd'hui si je n'avais pas eu la bonne idée de vous suivre de loin !

— Tu as tué cet homme, Andrès !... murmura Antonia, toute tremblante.

— Je l'espère bien, señorita... mais, rassurez-vous... s'il n'est pas mort, je l'achèverai !... Du reste, la partie était engagée entre nous depuis une semaine... je vous raconterai cela plus tard... Enfin, j'ai gagné la belle !...

— Pas encore, Panocha ! nous sommes seulement manche à manche !...

Andrès bondit comme s'il avait été piqué par un serpent.

M. Henry venait de se soulever de terre ; il s'appuyait sur son bras gauche, et de sa main droite il tenait sa carabine.

— Merci, mon Dieu ! Il vit ! s'écria Antonia en levant ses beaux yeux vers le ciel.

— Antonia, vous êtes une vaillante et sainte créature ! dit le blessé d'une voix faible. Tantôt je vous désirais... à présent je vous aime...

Alors, tournant sa tête vers le Mexicain tremblant :

— Tu as bien fait, Panocha ; je t'approuve !...

M. Henry, après avoir prononcé ces derniers mots avec une difficulté extrême, laissa tomber sa carabine et ferma les yeux ; Antonia courut vers lui.

— Vite, vite... il n'y a pas un instant à perdre, Andrès, dit-elle, va chercher des pions et fais préparer un brancard !

Panocha ne se fit pas répéter cet ordre ; il s'éloigna en courant ; il se méfiait de l'évanouissement du jeune homme.

— Oh ! murmura Antonia quand elle fut seule... et une adorable teinte rosée passait sur son visage... maintenant je comprends combien don Luis a été noble et délicat avec moi... et je sens que je l'aime !...

XI

MASTER SHARP.

La ville la plus curieuse et la plus extraordinaire qui soit au monde, n'est plus ni Paris, ni Pékin ; c'est San-Francisco. Bâtie en un jour par la cupidité, détruite régulièrement tous les mois par l'incendie, elle présente le singulier spectacle d'une prospérité qui se développe et se fortifie par les désastres. La flamme dévore-t-elle une masure de bois, le lendemain s'élève à sa place une maison en briques ; la maison devient-elle à son tour la proie du terrible fléau, alors apparaît un palais bâti en pierres de taille ! Du reste, rien de pittoresque et de charmant comme l'ensemble de San-Francisco, vu de la mer ; coquettement adossé en forme d'amphithéâtre au versant d'une colline, il offre dans ses constructions une incroyable diversité de formes et de couleurs : le bois, la brique, la pierre, mêlent leurs nuances diverses aux ordres d'architecture les plus différents. Si ce n'est le rigide et monotone alignement des rues qui laisse l'œil sans obstacle, et l'imagination sans travail, on ne pourrait jamais croire que l'on se trouve dans une ville américaine, c'est-à-dire sortie des mains du peuple le plus positif et le moins fantaisiste de l'univers.

L'animation qui règne dans la ville tient, comme la ville elle-même, du prodige. Une foule bigarrée, compacte, affairée et agitée, grouille au milieu de la fange fétide et noirâtre des rues ; on se coudoie sur les trottoirs en bois qui bordent les maisons, on s'assassine un peu partout.

L'Américain est un piéton assez désagréable à rencontrer sur son chemin ; ainsi que le taureau, il affectionne singulièrement la ligne droite, et ne déteste pas la brutalité ; si vous lui semblez moins robuste que lui, il s'empresse de vous passer sur le corps, et continue joyeusement sa route en se figurant qu'il vient de donner une preuve éclatante de son indépendance. La locomotive agit de la même sorte; mais au moins a-t-elle une excuse; on la conduit, et son crâne de fer ne renferme, au lieu de cervelle, que de la vapeur.

Des *bars*, espèces de buvettes où le consommateur reste debout, provoquent de tous les côtés l'intempérance des passants, et contribuent grandement, par le prodigieux et nuisible débit de leur *brandy* et de leur *whiskey* frelatés, à changer les altercations en rixes et les rixes en meurtres.

En un mot, comme personne n'est assuré de son lendemain, chacun vit du mieux et le plus vite qu'il peut; cependant on trouve des usuriers qui thésaurisent!

Inutile d'ajouter que la population de cette ville si exceptionnelle, se compose en majeure partie des épaves de toutes les nationalités dévoyées; toutefois, on y rencontre des négociants très-millionnaires et excessivement honorables, d'honnêtes artistes écervelés ou misanthropes, et de bons et de braves touristes qui sont venus de bien loin pour acquérir le droit de passer plus tard pour des menteurs, quand ils seront de retour dans leurs foyers!

C'est dans une des maisons de la plus belle rue de San-Francisco, dans Montgomery-street, que, du rancho de la Ventana, nous transporterons le lecteur. Montgomery tient le milieu, dans la nouvelle Babylone américaine, entre notre rue Vivienne et la rue de la Paix. C'est le quartier des magasins splendides, des riches négociants et des hauts spéculateurs. Seulement Montgomery-street l'emporte, et de beaucoup, sur ses rivales parisiennes, par le déploiement de son étendue; parallèle à la baie, elle traverse la ville dans sa plus grande longueur.

Sur la porte de la maison où nous pénétrons, est clouée une plaque de cuivre brillante comme de l'or, et sur la plaque est écrit en gros caractère noir : « *M. Sharp and Cⁱᵉ.* » C'est là le nom de l'un des opulents négociants de San-Francisco.

Entrons tout de suite dans le parloir, qui est assez luxueusement décoré; les meubles qui le garnissent n'ont pas coûté bien cher à M. Sharp : ils proviennent d'une saisie faite par la douane, et ont été vendus à vil prix à l'encan.

Une jeune fille, âgée de dix-huit ans, miss Mary, l'enfant unique de M. Sharp, est en train de surveiller et de gourmander une servante qui dresse le couvert sur la table. Il est trois heures.

Miss Mary, un nom bien commun, mais aussi joli à entendre que facile à prononcer, est la véritable américaine pur sang. Grande, svelte, élancée, d'une éblouissante blancheur, bien prise de la taille, le premier coup d'œil lui est tout favorable. Si on la regarde avec plus d'attention, on voit qu'elle a de grands beaux yeux bleus, un nez délicatement dessiné, et une petite bouche fraîche et mignonne; son front, élevé, est à moitié caché par deux bandeaux d'un blond doré qui viennent, en se contournant, se rejoindre derrière ses oreilles. Sa chevelure, abondante et soyeuse, est digne d'un diadème.

Miss Mary est vêtue avec plus de luxe que de goût; sa robe, beaucoup trop décolletée pour une jeune fille, est d'une riche étoffe de soie; il y a à ses manches pagodes une trop grande profusion de dentelles; les bouts de sa ceinture, qui retombent et se cachent dans les plis de ses volants, rappellent trop une jeune pensionnaire. Quant aux pieds et aux mains de miss Mary, ils n'ont rien de remarquable; ils manquent certainement de cette délicate finesse aristocratique que l'on trouve en Europe dans certaines classes privilégiées; mais s'ils ne prêtent pas à l'éloge, ils ne provoquent pas la critique.

Miss Mary est donc jolie, très-jolie, et pourtant l'admiration que l'on éprouve en la voyant pour la première fois n'est pas spontanée, complète; elle laisse la place à l'analyse. Cela provient de ce que la jeune fille manque de ce je ne sais quoi que l'on pourrait appeler la beauté morale : l'âme de miss Mary est sans reflets; son visage reste muet.

Lorsque la domestique eut terminé sa tâche, la jeune fille jeta un dernier coup d'œil sur la table.

— Mon Dieu, Betsy, dit-elle, il est fort heureux que je me défie de vos distractions. Vous n'avez mis que cinq couverts, et nous sommes six convives!

Après cette observation fort juste et raisonnable, que la servante accueillit assez mal, car Betsy, la brave Américaine, était pénétrée de l'idée de l'indépendance et de sa dignité, miss Mary quitta le parloir et monta au salon. Le salon de M. Sharp occupait à lui seul le premier étage de la maison; il se composait d'une vaste pièce et d'une espèce de boudoir, moitié moins grand; une ouverture de porte, sans battants, séparait les deux pièces, tout en laissant entre elles une facile et mutuelle communication.

Les meubles de ce salon avaient le même cachet, la même origine que ceux du parloir; ils sentaient la belle pacotille et sortaient d'un *auction*, ou vente à l'encan. Miss Mary était à peine assise, lorsque la porte s'ouvrit, et M. Sharp entra.

Master Sharp pouvait avoir de quarante à quarante-cinq ans; sa taille dépassait cinq pieds six pouces; ses gros favoris noirs, son nez un peu fort, sa bouche assez grande, ne le désignaient nullement comme étant le père de la belle miss; il n'y avait pas même entre eux prétexte à cette ressemblance vague et très-contestable que l'on appelle en Europe « un air de famille; » phraséologie aussi spirituelle que profonde qui a préservé bien des amours-propres et sauvegardé bien des positions!

Master Sharp, quoiqu'il arrivât à l'instant d'une longue excursion dans les environs de San-Francisco, portait un habit et un pantalon noirs, un chapeau rond et une cravate blanche : son menton, fraîchement rasé, offrait une teinte bleuâtre qui ne contribuait certes pas à adoucir ses traits.

Master Sharp ne parut pas remarquer la présence de sa fille; il prit une chaise, s'assit dessus, appuya ses jambes sur un divan; et tirant de sa poche un journal de dimension colossale et imprimé en caractères microscopiques, il se mit tranquillement à le lire à voix basse.

Comme le digne négociant ne parcourait du regard que les colonnes des annonces placées sous la rubrique « entrées et sorties des navires, ventes et achats, cours du change, » sa lecture ne se prolongea pas au-delà d'une demi-heure. Alors il sortit d'une autre poche de son habit un morceau de bois blanc et un couteau, et se mit à sculpter le buste de Washington. Un mouvement trop brusque, qui entama profondément le visage de l'illustre libérateur des Etats-

Unis, modifia la pensée de master Sharp ; du domaine de l'art, il passa dans celui de l'industrie : de son Washington mutilé, il fit un paquet de cure-dents !

Quand un Américain n'a pas un morceau de bois à découper, il taille un meuble ; s'il est en mer, il ravage les bastingages du navire ; à l'église, son banc ; au sénat, son pupitre ! c'est le signe particulier de sa nature. Il y a toute une physiologie dans cette observation-là.

— Ses cure-dents terminés, M. Sharp eut un moment pénible ; il manquait de bois, alors il s'occupa de sa fille.

— Miss Mary, lui dit-il, vous avez l'air triste aujourd'hui. La brique aurait-elle baissé depuis ce matin... car je suppose que vous n'ignorez pas que j'en ai acheté 600,000 hier à raison de dix piastres le mille.

— Je ne présume pas que la brique ait baissé, monsieur !

— Alors vous n'êtes pas triste ? Je suppose que je me serai trompé.

L'Américain, c'est une justice que l'on doit rendre à sa prudence, n'affirme jamais une chose ; il *suppose* que sa santé est bonne ; il *présume* qu'il se nomme un tel, et il *calcule*, tout en consultant un chronomètre, qu'il pourrait bien être midi.

Beaumarchais, si je ne me trompe, prétendait qu'avec le mot seul de *goddam* on parlait anglais : l'anglais des Etats-Unis est donc trois fois plus difficile à apprendre que celui de la métropole, car il comprend trois mots : je suppose, je calcule, je présume.

Rassuré sur l'état moral de sa fille, M. Sharp bâilla à plusieurs reprises ; puis, ce nouveau passe-temps épuisé, il rentra dans la conversation par une remarque fort judicieuse ; il déclara qu'ayant grand appétit, il ne serait pas fâché de se mettre à table.

— Vous oubliez, monsieur, que nous attendons du monde aujourd'hui.

— Je présume que si mes invités tardent encore dix minutes, je ne les attendrai pas.

Plusieurs coups précipités qui retentirent en ce moment à la porte de la rue, annoncèrent l'arrivée d'une personne étrangère.

Peu après, un domestique mâle introduisit le visiteur dans le salon. L'honorable M. Sharp se leva, et, allant à sa rencontre, lui donna une fougueuse poignée de main. Une telle réception de la part de M. Sharp dénotait le dernier degré de l'estime, à moins qu'elle ne signifiât qu'il avait besoin du visiteur, ou bien encore qu'il espérait le tromper dans la négociation de quelque affaire. Du reste, quelles que fussent les intentions secrètes de M. Sharp, il faut avouer que le nouveau venu méritait bien, à en juger sur l'apparence, un accueil aussi flatteur.

C'était un jeune homme de vingt-huit à trente ans. La noblesse pleine de simplicité et de naturel de son maintien la loyauté et la franchise que reflétait son visage, devaient forcément commander le respect et éveiller la sympathie de chacun. Ses traits, d'une excessive pureté de lignes, auraient pu paraître efféminés sans l'expression de fière audace qui brillait dans ses yeux. Quoique ses cheveux et sa barbe, qu'il portait entière, fussent d'un blond doré, il y avait dans toute sa personne une telle vitalité, si l'on peut s'exprimer ainsi, qu'un statuaire, et même un peintre, l'au-

raient volontiers accepté comme le modèle de l'homme dans toute la splendeur virile de sa force et de sa beauté.

D'une taille qui ne dépassait guère la moyenne, il possédait néanmoins tous les signes qui indiquent une redoutable puissance musculaire ; et l'on comprenait que l'espèce de maigreur de son buste provenait seulement des excès d'une vie élégante et privée d'exercices violents.

— Vraiment, monsieur le comte, dit l'Américain, je présume que je suis enchanté de vous voir ! Je ne comptais plus sur vous !

— Vous aviez tort, monsieur Sharp, car vous aviez ma parole !

Le jeune homme, après avoir répondu assez faiblement à la vigoureuse poignée de main du négociant, était allé saluer miss Mary.

Le sourire par lequel l'accueillit la jeune fille fut si doux, si tendre, que tout homme se serait senti ému ; le visiteur ne le remarqua pas.

— Je suppose, monsieur le comte, que vous êtes toujours en bonne santé et en bonne humeur ? dit M. Sharp.

— Parfaite, je vous remercie.

Les citoyens des Etats-Unis ont un faible des plus prononcés pour les titres de noblesse ; ne pouvant s'en affubler eux-mêmes, ils ne manquent jamais de bien constater ceux de leurs hôtes ; cependant, car, au fond, ce sont des gens sensés que les Américains, il est une chose qu'il mettent au-dessus de la noblesse : l'argent !

Le comte venait de prendre place à côté de miss Mary, quand de nouveaux coups de marteau annoncèrent un second visiteur.

— Je suppose que c'est le marquis, dit M. Sharp ; nous allons donc manger !

Une minute après, la porte du salon s'ouvrait et donnait passage à M. Henry.

Le bon négociant étreignit la main du marquis comme il avait fait pour celle du comte, à la briser ; puis, présentant les deux jeunes gens l'un à l'autre :

— M. le comte d'Ambron, le marquis Henry de Hallay ; monsieur le marquis de Hallay, monsieur le comte Louis d'Ambron.

MM. d'Ambron et de Hallay se saluèrent d'une légère inclination de tête ; puis après une courte hésitation, ce dernier, s'avançant vers M. d'Ambron et lui tendant la main :

— Ma foi, cher comte, s'écria-t-il en français, je n'ai pas voulu troubler master Sharp dans ses majestueuses fonctions de grand maître des cérémonies, pour lui dire que sa présentation était bien inutile, et que nous sommes d'anciens amis !...

Le comte se recula de quelques pas et saluant M. Henry, mais sans prendre la main que ce dernier lui avançait.

— En effet, monsieur, répondit-il froidement, je vous connais beaucoup de réputation, et je vous ai rencontré jadis quelquefois dans le monde.

Le comte revint alors vers le marquis, et lui donnant une poignée de main :

— Nous sommes devant une dame ! continua-t-il avec la même raideur ; je crois donc que vous auriez tort de vous formaliser ouvertement de ma réserve.

A la mortelle insulte qui venait de lui être faite, le marquis de Hallay avait souri. Toutefois, à la sinistre lueur qui illumina ses yeux gris, il était évident que, lui aussi, courbait momentanément la tête devant les convenances, mais qu'il comptait sur une prompte et éclatante vengeance.

— Soit, comte, dit-il, ne changeons rien à mon premier programme; jusqu'à la fin de la soirée nous serons deux amis... mais demain!...

— Comme bon vous semblera, marquis, je suis un débiteur très-solvable.

— Oh! je le sais!... c'est ce qui me donne la force de me contenir... sans cela je vous aurais assassiné sur place!...

Le comte eut un superbe sourire d'incrédulité; mais il ne répondit pas. Sa conversation avec le marquis n'avait que trop duré, puisque ses hôtes ne comprenaient [pas le français.

M. Sharp n'avait attaché aucune importance à la rapide et, en définitive, courtoise pantomime des deux jeunes gens : il les avait vus se serrer mutuellement la main, ils étaient compatriotes, ils se connaissaient déjà sans doute, tout était pour le mieux; mais ce que le négociant n'avait pas soupçonné, sa fille Mary l'avait deviné : les hommes jugent peut-être plus sainement et plus sûrement la portée d'un fait que les femmes; mais les femmes ont un merveilleux flair et un infaillible instinct des nuances que nous méconnaissons trop souvent. Une femme fait plus facilement une folie qu'une gaucherie. Pour les hommes, c'est le contraire.

— Je présume que je dînerais bien volontiers, dit M. Sharp; descendons au parloir.

Miss Mary indiqua, en rougissant imperceptiblement, une place à ses côtés à M. le comte d'Ambron, et le marquis s'assit près de l'excellent Sharp. Deux couverts restaient vacants.

— Attendez-vous encore d'autres convives? demanda le marquis.

— Encore deux, je crois que oui : un ami qui ne manque jamais à un rendez-vous, et un *excentric* gentleman sur lequel on ne doit jamais compter.

M. Sharp n'avait pas achevé sa phrase, que de furieux coups de marteau, frappés à la porte de la rue, ébranlèrent la maison. Un homme, le front baigné de sueur, s'élança dans la salle à manger; c'était l'ami ordinairement si exact, M. Wiseman, un armateur américain.

— Quatre heures moins une minute, dit-il en tirant sa montre, je suis en avance d'une minute.

— Je présume que votre montre retarde de près de cinq minutes, répondit M. Sharp après un léger silence, car l'affirmation à brûle-pourpoint de M. Wiseman l'avait frappé de surprise; heureusement que le dîner n'est pas commencé; allons, à table !

L'armateur américain, après avoir été présenté aux deux jeunes gens, s'empressa de vider sur son assiette le contenu de cinq ou six plats, et ne s'occupa plus qu'à battre en brèche le formidable bastion de viandes, de poissons et de légumes qui s'élevait devant lui.

Un regard de miss Mary, que le marquis de Hallay surprit, allant du comte à lui, lui fit engager la conversation; il craignait que son silence n'éveillât les soupçons de la jeune fille. Miss Mary, nous l'avons déjà indiqué, n'en était plus aux soupçons.

— Votre départ a dû causer un grand vide dans les salons de Paris, cher comte, dit-il. Et vraiment, je suis à me demander quel est le motif qui a pu vous conduire en Californie : jeune, riche, ayant de luxueux et doux loisirs, retenu dans votre patrie par des chaînes de fleurs, vous auriez été le dernier homme que je me serais imaginé devoir retrouver à San-Francisco !

— La place que j'occupais à Paris était si humble, si effacée, que mon absence n'aura pas même été remarquée, marquis. Quant au motif qui m'a fait traverser les mers, il est fort simple : je m'ennuyais de ma paresse... j'ai voulu voyager.

— Très-bien !... Mais choisir la Californie pour but de vos pérégrinations, voilà ce que je ne m'explique pas !... On vient à San-Francisco pour gagner de l'argent et non pour s'y distraire ! Du reste, soyez assuré que je suis ravi de notre rencontre.

— Je vous remercie infiniment; le plaisir est partagé. Mon Dieu ! j'ai dû ma détermination, comme cela se voit la plupart du temps dans les actes les plus importants de la vie, à une circonstance bien insignifiante, à la connaissance que j'avais faite à Paris d'un Mexicain millionnaire qui, habitant depuis de longues années la Californie, m'a tracé une description si pittoresque des mœurs de ce curieux pays, que l'envie m'a pris tout aussitôt d'aller y chercher des aventures.

— Alors vous n'êtes pas seul ?

— Comment cela ?

— Votre Mexicain millionnaire vous sert de cicerone ?

— Nullement !... Il m'a été impossible, malgré mes démarches, de le retrouver !... Mais, j'y pense, vous devez connaître mon Mexicain ?

— Moi ?... A quel propos ?

— C'était le plus beau joueur de Paris !

— Il se nommait, ce Mexicain ?

— Le señor don Ramon Romero.

— Non, je ne l'ai jamais vu; seulement, j'ai beaucoup entendu parler de lui. Il a été le lion d'un hiver !... J'étais absent de Paris à cette époque!... Ce don Ramon, disait-on, jetait l'or à pleines mains, ensorcelait toutes les femmes, faisait un scandale inouï... Je crois, si ma mémoire ne me trompe pas, qu'il passait pour un sorcier... On lui attribuait de merveilleux effets magnétiques!... Mais, parbleu! j'y songe, n'avez-vous pas eu vous-même une affaire avec ce don Ramon Romero ?

Une légère rougeur monta aux joues du comte.

— Mais, oui, c'est bien vous... Je me rappelle maintenant... un duel à bout portant avec un seul pistolet chargé...

— Votre mémoire ne vous trompe pas, monsieur, dit d'Ambron d'une voix ferme. Don Ramon fut avec moi d'une générosité impitoyable... Le sort l'avait favorisé, il tira en l'air !...

— Ce n'était pas agir en gentleman, répondit le marquis en regardant fixement son interlocuteur.

— Pourquoi donc ?

— Parce qu'il est, selon moi, de fort mauvais goût d'épargner sur le terrain un adversaire ! C'est imposer un

Sachez, miss Mary, qu'aucun homme n'est invincible! (Page 11.)

sentiment de reconnaissance forcée à un homme qui souvent désirerait rester votre ennemi !... Je ne vous dissimulerai pas que, quant à moi personnellement, je n'accepterai ni ne ferai jamais une pareille grâce !... N'est-ce point là aussi votre opinion, comte ?...

— Je vous rends justice, marquis... vous avez toujours tué vos adversaires... Oui, je partage, du moins momentanément, votre manière de voir.

L'armateur américain qui était parvenu à démolir, mieux encore, à engloutir son bastion, se mêla alors à la conversation :

— Savez-vous quel est aujourd'hui le cours du suif sur la place, miss Mary ?

— Non, monsieur.

— En vérité ?

Alors l'Américain se retourna vers le comte, et lui répéta flegmatiquement la même question.

Le comte d'Ambron allait répondre d'une façon également négative, lorsque la porte de la salle à manger s'ouvrit, et un homme mis avec une parfaite élégance apparut sur le seuil.

— Est-ce là le *gentleman excentric* dont vous me parliez dernièrement ? demanda l'armateur au bon M. Sharp.

— Je calcule que c'est lui !... Eh ! bonjour, mon cher !

— Joaquin Dick ! s'écria le marquis de Hallay avec une surprise qui côtoyait la stupéfaction.

— Don Ramon Romero !... dit vivement le comte en se levant de table.

— Lui ! toujours lui ! murmura miss Mary en pâlissant.

Le Batteur d'Estrade salua les convives et s'avança vers le couvert vide qui l'attendait.

XII

LA STATUE.

L'arrivée soudaine d'un convive qui n'est plus attendu, surtout lorsqu'un dîner touche à sa fin, amène toujours une certaine gêne dans une réunion ; mais l'entrée du Batteur d'Estrade dans le parloir produisit une véritable stupéfaction parmi les invités. L'armateur américain eut seul un sourire; il espérait que l'on recommencerait le repas. Joaquin Dick salua courtoisement l'amphitryon.

— L'excuse de mon retard est dans votre ponctualité, cher monsieur Sharp, dit-il; je savais que mon absence ne vous empêcherait pas de vous mettre à table à quatre heures précises; et, comme une affaire importante m'appelait ailleurs...

— Les affaires doivent passer avant tout, cher monsieur, interrompit le négociant avec feu.

Il fallait que la conviction de maître Sharp fût bien profonde pour qu'il osât ainsi la proclamer nettement, et sans la faire précéder d'un je *calcule, je suppose* ou je *présume*. Le comte d'Ambron, en apercevant Joaquin, s'était, par un mouvement spontané, levé de dessus sa chaise; dès que ce dernier eut présenté ses excuses au maître de la maison, il s'avança vivement vers le Batteur d'Estrade, et lui prenant la main :

— Señor don Ramon Romero, lui dit-il, le silence que vous avez gardé vis-à-vis de moi jusqu'à ce jour me donne à supposer que vous ne souhaitez guère me revoir. Eh bien! moi, je vous avoue franchement que je suis ravi de notre rencontre.

Joaquin Dick serra cordialement la main du jeune homme dans la sienne.

— Vous vous méprenez sur mes sentiments, répondit-il; bien souvent, au contraire, j'ai pensé à vous dans mes heures de découragement et de tristesse. Le souvenir du fou sublime m'aidait alors à supporter l'humanité.

— Le fou sublime!...

— Avez-vous donc oublié que je ne vous appelais jamais autrement à Paris? Le climat de la Californie vous aurait-il déjà changé à ce point, que ce surnom, que vous acceptiez jadis en souriant, vous paraîtrait aujourd'hui injure?

— Non, cher don Ramon!... Tel vous m'avez connu, tel je suis et je mourrai.

— C'est possible! Il y a des maladies incurables !

La reconnaissance du Batteur d'Estrade et du comte d'Ambron avait paru causer un médiocre plaisir au marquis de Hallay.

— Señor Joaquin, dit-il, vous ne vous trompiez point en prédisant que le hasard nous réunirait tôt ou tard! Acceptez mes sincères félicitations de l'extrême et subite amélioration qui s'est opérée dans votre sort.

— Quelle amélioration, señor don Enrique ?

— Je vous avais quitté batteur d'estrade, et je vous retrouve gentleman et millionnaire !

— Dites plutôt que vous m'avez quitté batteur d'estrade déguenillé, ou, si vous aimez mieux, revêtu de la livrée de mon état, et que vous me revoyez maintenant dans un costume de courtaud de boutique ou de grand seigneur, c'està-dire ganté de blanc et vêtu de noir... Voilà tout !... Du reste, je n'ai jamais affiché la prétention d'être un pauvre mendiant ou un homme mal élevé !

— Soyez persuadé, don Ramon Romero, que ma remarque n'est nullement une critique, mais bien au contraire un compliment.

— Ce nom de Ramon Romero vous intrigue ? Mon Dieu!

rien de plus simple à expliquer. J'avais depuis longtemps envie d'aller dépenser en Europe quelques pépites d'or enfouies dans ma ceinture ; mais craignant que ma réputation ne me fermât la porte des salons où je désirais pénétrer, — dans mon amour-propre d'ignorant sauvage je me figurais que le Batteur d'Estrade était connu de la terre entière, — je m'affublai d'un pseudonyme de pure fantaisie!... Quant à ce titre de millionnaire que vous m'accordez si généreusement, je ne l'ai, hélas! jamais mérité.

— Mon cher Joaquin, interrompit master Sharp qui semblait prendre peu d'intérêt à cette conversation, je suppose que si vous mangiez bien vite, cela me permettrait de faire desservir!

— J'ai dîné.

L'armateur américain, en entendant la réponse du Batteur d'Estrade, lui lança un regard de pitié qui disait clairement :

— Mon ami, vous n'êtes qu'un maladroit!

Il est inutile de rapporter ici, ce que personne n'ignore, que les Anglaises et les Américaines quittent la table dès qu'arrive le dessert; elles laissent ainsi aux convives mâles la liberté de se griser à leur aise.

Ce que tout le monde sait également, c'est que les jeunes filles américaines possèdent une liberté illimitée ; cette liberté, fondée sur le respect qu'elles inspirent ou que, du moins, on leur témoigne, leur donne des prérogatives qui, en Europe, sont l'apanage exclusif de la population masculine. Elles prennent l'initiative en presque toutes choses : par exemple, elles vous demandent de les conduire dîner en tête-à-tête à la campagne; et quand l'omnibus dans lequel elles montent est au complet, elles s'asseyent tranquillement sur les genoux du premier voyageur venu, à moins, toutefois, cas qui se présente plus rarement, qu'elles n'ordonnent au voyageur de se tenir debout et de leur céder la place. Les jeunes filles américaines, en y réfléchissant, jouissent de beaucoup plus de droits que, grâce à Dieu, les hommes n'en ont en Europe.

Aucun des convives de M. Sharp ne s'étonna donc, quand on eut apporté le dessert, d'entendre miss Mary dire au Batteur d'Estrade :

— Señor Joaquin, accompagnez-moi, je vous prie, au salon, j'ai à vous parler.

Une expression d'ennui et de mauvaise humeur, qu'il dissimula en s'inclinant devant la jeune fille, assombrit toutefois le visage du Mexicain; mais il s'empressa d'obéir.

Une fois qu'ils furent seuls, le Batteur d'Estrade prit un fauteuil, et se plaçant en face de miss Mary :

— J'attends que vous daigniez vous expliquer, señorita, lui dit-il avec un sang-froid glacial.

La jeune fille leva sur le Batteur d'Estrade ses grands yeux bleus, et sembla hésiter; son regard exprimait l'embarras.

— Señor don Joaquin, répondit-elle, il y a longtemps que je reculais, tout en le souhaitant vivement, devant cet entretien. Il a fallu une circonstance bien impérieuse pour me décider.

Le Batteur d'Estrade resta silencieux, et miss Mary continua :

— Mon intention, señor, n'est point de revenir sur le passé... Oh! loin de là !...

— Vous avez raison, señorita, dit Joaquin... parler du passé, c'est généralement évoquer de tristes souvenirs. Le passé, c'est la vie réelle. L'homme qui veut être heureux doit fixer ses yeux sur l'avenir seul; car l'avenir, c'est l'illusion, le rêve !... Mais quelle est, je vous prie, la circonstance imprévue à laquelle je dois l'honneur de me trouver en ce moment auprès de vous?

— Connaissez-vous depuis longtemps le comte d'Ambron? demanda la jeune fille, après une légère pause.

— Depuis deux ans.

— Vous intéressez-vous à lui?

— Oui.

— Beaucoup?

Joaquin réfléchit avant de répondre.

— Non, pas beaucoup, dit-il, mais plus pourtant qu'à tout autre être humain!

— Eh bien! vous pouvez lui sauver la vie...

— Moi? comment cela?

— Il doit se battre demain avec le marquis de Hallay.

— De qui tenez-vous cette nouvelle, miss Mary? demanda Joaquin toujours avec le même sang-froid.

— De personne !... J'ai été témoin de leur querelle.

— Vous? cela m'étonne !...

— Pourquoi donc, señor Joaquin?

— Parce que si le marquis de Hallay est doué d'un tempérament trop fougueux pour pouvoir, à certaines heures, modérer ou dissimuler sa violence, le comte d'Ambron, lui, est trop bien élevé, trop caballero pour s'abandonner jamais, en présence d'une femme, aux emportements de la colère. Quel était le motif de cette querelle? Contez-moi, je vous prie, comment cela s'est passé.

— Ces gentlemen parlaient français, je n'ai rien compris.

— Ah! ah! alors ce sont leurs éclats de voix et leur contenance menaçante qui vous ont fait deviner qu'il s'agissait d'une provocation?...

— Non, Joaquin, ces messieurs se sont au contraire expliqués avec beaucoup de calme, et rien n'indiquait dans leurs gestes qu'ils échangeassent d'insultants propos... Mais... mais...

— Je vous assure que je vous écoute, miss Mary; vous pouvez poursuivre.

— Je suis certaine de ne pas me tromper !... Ils sont convenus de se rencontrer demain!

Le Batteur d'Estrade se mit à sourire d'une singulière façon; miss Mary paraissait attendre sa réponse avec une véritable anxiété.

— Soit, qu'ils se battent! dit-il tranquillement. Je me résous toujours difficilement à verser le sang humain, et pourtant la mort du marquis de Hallay pourrait me devenir bientôt si nécessaire, que je ne serais pas fâché qu'un heureux accident, en l'enlevant de ce monde, m'empêchât de succomber à la tentation... Si je m'exprime avec une telle franchise devant vous, miss Mary, c'est que je sais parfaitement que je n'ai rien à redouter de votre indiscrétion...

— Oh! certes, non, señor Joaquin; mais ce sera le marquis de Hallay qui tuera son adversaire.

— Qui vous l'assure?

— Le marquis est invincible! Sa force, son adresse et son courage sont incontestables et incontestés dans toute la ville !... Les plus terribles malfaiteurs de San-Francisco n'oseraient s'attaquer à lui, même en employant la ruse et la surprise.

— Voilà une phrase de jeune fille. Sachez, miss Mary, qu'aucun homme n'est invincible devant la gueule d'un rifle ou d'un pistolet. Le plomb a des brutalités, et le hasard a des caprices qui égalisent toutes les forces et trompent toutes les prévisions; et puis M. le comte d'Ambron n'est nullement inférieur à son adversaire... Ce sera un beau combat! J'ai vu M. le comte à l'heure la plus solennelle de sa vie... Il était désarmé, et le canon d'un pistolet s'appuyait sur son front... Il resta droit, immobile et fier... Son regard limpide exprimait la joie du triomphe... Il se considérait non comme la victime, mais comme le martyr du point d'honneur !... Sa force était dans sa foi !... C'est un sublime fou que ce jeune homme !...

— Oh! oui, n'est-ce pas, señor Joaquin Dick, que le comte est la plus noble et généreuse nature que jamais le ciel ait créée! s'écria miss Mary avec un enthousiasme et un élan qui venaient du cœur. Oh! vous le sauverez, Joaquin !... Vous empêcherez ce duel !...

Le Batteur d'Estrade regarda fixement la jeune Américaine, qui baissa la tête; un assez long silence eut lieu.

— *By God!* s'écria Joaquin en riant, que ne vous êtes-vous expliquée plus tôt, chère miss Mary?... Il fallait me dire tout de suite que vous aimiez le comte! Peut-être bien vous semblait-il difficile et pénible de faire un semblable aveu à votre humble serviteur... vous aviez tort... je n'ai jamais éprouvé pour vous aucune affection... vous n'êtes tenue à aucun ménagement envers moi... vous avez éveillé jadis ma curiosité, pas autre chose. J'ai voulu savoir si, ne croyant plus à la vertu des femmes, je devais avoir confiance dans l'insensibilité des statues. Je me suis adressé à vos mauvais instincts; j'ai excité vos mauvaises passions! Ma peine n'a pas été perdue! Un succès complet n'a pas tardé à couronner mes efforts. Le marbre a tressailli... votre cœur a battu... et vos lèvres m'ont enfin accordé un sourire... L'expérience avait réussi... rien ne me retenait plus auprès de vous... je me suis éloigné.

Le Batteur d'Estrade avait prononcé ces paroles sans nulle ironie, et du ton d'un homme qui raconte un événement auquel il a été complétement étranger. La jeune fille, les veines du front gonflées par l'émotion et les yeux pleins de larmes, l'écoutait dans un état d'accablement qu'elle ne songeait pas à cacher. Tout à coup elle releva la tête, et, posant sur Joaquin un regard assuré:

— Señor, dit-elle, votre cruauté m'apprend que je vous avais mal jugé! Je n'ignorais point que vous n'aviez ni cœur ni âme, mais je vous croyais un vrai gentleman...

— Vous aviez raison, miss Mary, interrompit Joaquin; c'est là la seule chose qui me soit restée de mes traditions de famille. Mais cela me passera sans doute, un de ces jours... J'ai déjà tant oublié !... Qui me vaut ce reproche de votre part? mes allusions au passé? Vous auriez tort. Je vous jure que vous me semblez tout aussi digne de respect que n'importe quelle autre femme. Vous n'avez pas compris mon intention. Je voulais simplement vous mettre à votre aise. L'homme qui insulte une femme est aussi lâche à mes yeux que celui qui l'aime est insensé! je n'ai rien à vous reprocher, miss Mary, car je ne vous ai pas donné le temps de me tromper; et vous fussiez-vous jouée de moi, que je m'en prendrais, non pas à votre perfidie, mais bien à ma sotte crédulité. Maintenant, s'il est en mon pouvoir de vous rendre un service, soyez assurée, je vous en supplie, de mon empressement à vous être agréable.

Il y avait, à défaut d'enthousiasme ou de chaleur, une sincérité réelle dans la parole du Batteur d'Estrade.

— Quel homme extraordinaire vous êtes, Joaquin! s'écria miss Mary, il y a des moments où, tout en me rappelant la mystérieuse et fatale fascination que vous avez exercée sur moi, je ne trouve plus la force de vous haïr! Il faut que vous ayez bien souffert, Joaquin, pour que vous soyez devenu ce que vous êtes aujourd'hui : implacable quand vous réfléchissez, bon quand vous obéissez à votre premier mouvement.

A cet appel fait à ses souvenirs, le Batteur d'Estrade resta impassible.

— Ne m'ordonniez-vous pas, miss Mary, dit-il, d'empêcher que le comte d'Ambron ne serve de point de mire au rifle du marquis de Hallay?

— Oh, Joaquin! la reconnaissance de ma vie entière...

— Vous serez obéie, miss Mary; ces deux gentlemen ne se battront pas.

— Vous me le jurez?

— Oui.

— Oh! merci! merci!

Le Mexicain se disposait à se lever, mais se ravisant :

— Vous vous figurez donc, miss Mary, que vous aimez le comte?

— Si je l'aime! répéta l'Américaine, avec un enthousiasme passionné qui idéalisa son visage et lui donna un admirable rayonnement de beauté, si je l'aime? oh! de toutes les forces de mon âme!...

— Je gagerais mon brave Gabilan contre un âne boiteux, que cet enfant croit en ce moment à ce qu'elle dit, murmura Joaquin. Après tout, peut-être bien les femmes sont-elles parfois sincères, quand elles nous avouent d'abord qu'elles nous aiment. Seulement leur amour est mort depuis longtemps, qu'elles s'obstinent toujours à prétendre qu'il est plus vivace que jamais... De là vient qu'il y a tant de dupes! Les femmes commencent à nous prendre par leur bonne foi; notre amour-propre achève leur ouvrage... et de cette façon tout le monde est à peu près heureux!

— Vous qui connaissez le comte, vous devez me trouver bien audacieuse, bien coupable même, d'oser élever ma pensée jusqu'à lui, n'est-il point vrai, Joaquin? reprit la jeune Américaine après un court silence. Que voulez-vous? la passion ne raisonne pas. Et puis, je vous le déclare devant Dieu, qui m'entend, je ressens pour le comte un dévouement si profond, si surhumain; je sais si bien que si jamais sonnait l'heure de l'adversité, je serais pour lui une vaillante et courageuse compagne, de même qu'aux jours de l'opulence il aurait en moi une esclave obéissante et fidèle, que, forte de mes bonnes et glorieuses intentions, je m'abandonne sans remords au sentiment qui me domine.

— *Caramba!* dit Joaquin en souriant, si vous continuez cinq minutes de plus sur ce ton, vous allez renverser toutes mes convictions, et me plonger dans le chaos. Vraiment il n'y a que les statues, lorsqu'elles s'animent, qui soient capables de pareils élans? Mais le comte, lui, soupçonne-t-il

miss Mary, la forte impression qu'il a faite sur votre cœur?

— Non, señor Joaquin!

— Parbleu! il faut alors lui avouer votre amour!... Sans cela, il est homme à ne s'en jamais douter, à perdre ainsi bien involontairement le resplendissant avenir que vous rêvez pour lui.

— Vous raillez, señor, dit miss Mary après avoir réfléchi; eh bien! oui, je suivrai votre conseil. Quand on aime comme moi, on ne doit pas craindre de le proclamer hautement! Mon amour est trop grand, trop pur, trop désintéressé, pour que j'aie à en rougir!

La jeune fille mit dans cette réponse une si sereine et majestueuse dignité, que le sourire qui écartait les lèvres du Batteur d'Estrade s'effaça. Joaquin s'avoua qu'il était en présence d'un sentiment sincère; seulement, s'il admettait son existence, il n'avait pas foi dans sa durée.

— Ainsi, j'ai votre parole, señor, reprit miss Mary, ce duel n'aura pas lieu?

— Vous avez ma parole, il n'aura pas lieu.

— Puis-je connaître les moyens que vous comptez employer pour arriver à ce résultat?

— A quoi cela vous avancerait-il, miss Mary?... à rien... L'essentiel pour vous, c'est que le comte ne coure aucun danger.

— Non, señor Joaquin, ce que je veux avant tout, c'est que son honneur ne soit pas compromis.

— Je ne m'attendais pas à vous entendre exprimer une pareille crainte... Allons, je vois que vous aimez réellement ce cher d'Ambron... Vos sentiments ne sont plus américains, ils sont français... Soyez à cet égard sans la moindre inquiétude : le comte porte trop haut son honneur pour que nulle main, soit amie ou ennemie, puisse y porter atteinte!

Le Batteur d'Estrade se leva de son fauteuil; et après avoir salué miss Mary avec une courtoisie parfaite, il redescendit au parloir.

Master Sharp et son ami l'armateur étaient lancés dans une conversation des plus animées et des plus bruyantes; ils parlaient affaires. Le comte et le marquis faisaient semblant de les écouter.

Joaquin Dick prit place à côté des deux jeunes gens.

— Messieurs, leur dit-il, pendant que ces deux bêtes brutes se gorgent d'eau-de-vie et se jettent des chiffres à la tête voulez-vous bien me permettre d'aborder un sujet de conversation qui nous intéresse tous les trois... vous deux comme acteurs principaux, moi comme étant l'ami de M. d'Ambron.

Le marquis et le comte regardèrent Joaquin avec étonnement.

— Parlez, señor, lui répondirent-ils.

— Vous devez vous battre demain? poursuivit tranquillement le Batteur d'Estrade.

Le marquis de Hallay l'interrompit.

— D'où savez-vous cela?

— Qu'importe! si la chose est vraie.

— Tout ce qu'il y a de plus vrai, señor.

— Or donc, comme il est plus que probable que je servirai de témoin à l'un de vous, je ne serais pas fâché de connaître le motif qui vous conduit sur le terrain. Ces explications données, il ne vous restera plus qu'à régler le mode et les conditions du combat.

— L'insulte vient de vous, monsieur, dit le marquis en s'adressant au comte d'Ambron, c'est à vous de parler. Du reste, quoique votre agression me laisse le choix des armes, je suis tout prêt à céder sur ce point. L'acier et le plomb sourient également à ma vengeance. Je ne veux qu'une chose! vous tuer, et je vous tuerai.

— Monsieur de Hallay, répondit le comte avec une fermeté pleine de modération, je serais au désespoir d'ébranler votre conviction, je ne relèverai donc pas ce que votre assurance un peu prématurée peut avoir d'hypothétique; et puis, cette discussion donnerait à notre dialogue une tournure castillane, qui, fort appréciée sans doute sur une scène de théâtre, serait, dans la vie privée, d'un goût au moins douteux.

— J'ai eu tort de m'exprimer ainsi, comte, interrompit M. de Hallay. Vous n'êtes pas, je le reconnais volontiers, un adversaire vulgaire! Vous me valez; au lieu d'une conviction, c'était un désir que j'aurais dû manifester!

Le comte répondit à cette rétractation spontanée par une lente inclination de tête.

— Ainsi, señor Joaquin, reprit-il en s'adressant directement au Batteur d'Estrade, vous voulez bien me faire l'honneur de me servir de témoin?

— C'est selon, monsieur, quelle est la cause de ce duel? Voilà justement pourquoi je sollicite de vous une explication.

Peu de mots suffirent à M. d'Ambron pour mettre Joaquin au courant de ce qui s'était passé.

Le marquis confirma par son silence le récit de son adversaire.

Le Batteur d'Estrade resta pendant quelques secondes à réfléchir; puis, prenant à son tour la parole:

— Me permettez-vous une question, monsieur d'Ambron? dit-il.

— Faites, señor.

— Le refus de donner votre main à M. de Hallay, n'est-il pas un prétexte que vous avez pris pour satisfaire un ressentiment qui date de loin?

— Pas le moins du monde, señor; M. le marquis me connaît assez pour que je ne craigne pas d'ajouter qu'en repoussant ses avances, je n'ai nullement eu l'intention de l'offenser. J'ai tout simplement obéi à l'ancienne devise: «Fais ce que dois, advienne que pourra.» Du reste, je n'ignorais pas non plus que je ramassais un duel; j'ajoute, pour terminer que M. de Hallay est tout à fait dans son droit en exigeant une réparation, et que le choix des armes lui appartient entièrement. Mon Dieu! messieurs, ma réponse paraît vous étonner, poursuivit le comte en voyant que le Batteur d'Estrade et le marquis l'interrogeaient involontairement du regard, cependant ma conduite est bien simple. Ainsi que je vous le déclarais à l'instant, j'ai pris pour guide invariable de ma vie la devise de la vieille noblesse française: « Fais ce que dois, advienne que pourra. » Il n'y a puissance humaine qui soit capable de m'imposer une action qui répugnerait à mon honnêteté ou à ma franchise. Je n'ai jamais transigé avec ma conscience. Je ne prétends pas que j'aie raison d'agir ainsi; je ne discute pas, je vous rappporte tout simplement un fait.

— Alors, vous m'avez refusé votre main, monsieur?

— Parce que vous m'avez offert la vôtre en m'appelant votre ami, et que je ne vous estime pas assez pour vous accorder mon amitié.

Il y avait dans l'accent du jeune homme tant de noblesse unie à une nuance si délicate de tristesse, que sa réponse, horriblement outrageante, lue sur le papier, avait plutôt l'air, dans sa bouche, d'un regret, que d'une nouvelle insulte.

Le marquis pâlit affreusement.

— Ah! monsieur, murmura-t-il d'une voix tremblante de rage, maintenant, oui, je puis le dire sans forfanterie aucune, je vous tuerai, car eussé-je une balle en plein corps, que je puiserais assez de force dans ma haine pour ne pas mourir sans vengeance! Demain vous aurez cessé de vivre,

Un long silence suivit les paroles de M. de Hallay.

— Messieurs, dit enfin le Batteur d'Estrade en s'adressant aux deux adversaires, il est inutile que vous poursuiviez cette conversation; elle est devenue sans objet, vous ne vous battrez pas.

— Nous ne nous battrons pas? répéta le marquis d'un ton qui tenait le milieu entre la stupeur et la violence, et qui nous en empêchera?

— Moi, señor.

— Vous, Joaquin?

— Mais oui, señor, moi!

M. de Hallay se leva à moitié de dessus sa chaise; il était livide et paraissait ne plus avoir la conscience de ce qu'il faisait.

Le Batteur d'Estrade, immobile à sa place, le contemplait avec un regard d'une fixité étrange; le marquis se rassit.

— De quel droit et par quel moyen empêcherez-vous ce duel? demanda-t-il.

— Du droit que possède tout créancier sur la fortune de son débiteur. Quant au moyen, il est infaillible; mais je ne le confierai qu'à vous seul.

— Vous déraisonnez, Joaquin! Et moi, je suis un fou d'écouter les propos d'une espèce de valet!

A son tour, le Batteur d'Estrade se leva à moitié de dessus sa chaise, et approchant sa bouche de l'oreille du marquis:

— Il ne vous est pas permis de disposer de votre vie, lui dit-il rapidement, parce qu'elle appartient à la loi; quant à mon moyen, s'il pèche par l'ingéniosité, il se relève par l'énergie. Essayez de me désobéir, et je vous fais pendre.

Joaquin reprit sa place, et se retournant vers M. d'Ambron:

— Monsieur le marquis avait oublié qu'il se trouvait en ce moment, non plus sur la terre mexicaine, mais bien aux États-Unis, et que la loi américaine défend le duel, dit-il froidement; qu'il ne soit donc plus question de ce combat impossible.

Le marquis de Hallay courba la tête; une larme, amenée par la confusion et séchée par la fureur, brûla sa paupière.

— Messieurs, dit gravement le comte d'Ambron, il se passe ici une chose que je pressens sans pouvoir me l'expliquer. Votre soumission, monsieur de Hallay, n'est pas naturelle... bien loin de là... il faut, pour que vous ne vous soyez pas déjà jeté sur le señor Joaquin, qu'il exerce sur vous une terrible pression morale! Vous savez tout aussi bien que moi que si la loi américaine prohibe le duel, personne à San-Francisco ne tient compte de la loi! Du moment que l'on n'a pas assassiné et que l'inexorable *Comité de surveillance* n'a aucun droit sur vous, je ne sache rien que l'on ne puisse se permettre! Je vous ai insulté, je vous dois une réparation, et foi de gentilhomme, vous l'aurez.

— Vous m'avez insulté, il est vrai, répondit le marquis de Hallay d'une voix qui sortait avec peine de son gosier, mais les explications que vous m'avez données ont effacé votre outrage! Vous ne doutez pas de ma bravoure, n'est-ce pas?

— Mille fois non!

— Cela me suffit.

— Ainsi, vous renoncez à me voir sur le terrain?

Le marquis dut faire appel à toute sa force de volonté pour pouvoir répondre.

— Oui, dit-il, j'y renonce.

Le comte d'Ambron hocha la tête d'un air de doute.

— Tout cela n'est pas naturel, murmura-t-il.

Alors, abandonnant sa place et s'avançant vers M. de Hallay:

— Marquis, lui dit-il, voici ma main, daignerez-vous me faire le plaisir de l'accepter avec mes très-humbles excuses?...

M. de Hallay toucha la main que lui offrait le comte; mais l'expression de ses yeux brillants de férocité et de colère démentait la sincérité de cette réconciliation.

M. d'Ambron le comprit ainsi.

— Marquis, continua-t-il en baissant la voix, mes excuses ne sont que provisoires.

— Merci! répondit M. de Hallay en jetant un regard vers le Batteur d'Estrade, qui, soit par délicatesse, soit par indifférence, s'était éloigné des deux adversaires en les voyant sur le point de mettre un terme à leur différend, et avait été prendre place à côté de M. Sharp et de l'armateur.

XIII

UNE BONNE AFFAIRE.

Master Sharp et son convive, M. Wiseman, en étaient aux injures lorsque le Batteur d'Estrade vint s'asseoir auprès d'eux; il faut avouer aussi qu'ils traitaient une question bien irritante et qui était de nature à soulever toutes leurs passions; ils discutaient sur la hausse ou la baisse probable des bois de construction.

— *By God!* s'écria master Sharp en frappant sur l'épaule de Joaquin, je suppose, mon cher, que vous n'avez jamais connu un homme aussi entêté que ce Wiseman! Comme il a bu trop de whiskey, il voit tout en double, et se figure que le prix des planchers va monter de cent pour cent.

— Et comme je calcule que Sharp a absorbé trois fois plus de brandy qu'il n'est capable d'en supporter, il déraisonne, dit vivement l'armateur.

— Vous parlez de brandy, Wiseman. Eh bien! quelle est votre opinion sur la position de cet article sur le marché? Je présume que vous allez vous prononcer pour la hausse?

— Non, je crois à la baisse!

M. Sharp accueillit cette réponse avec un gros soupir, car elle était d'accord avec son propre sentiment; c'était donc un fort agréable sujet de conversation qui lui échappait.

— Et vous, cher Joaquin, reprit-il avec l'arrière-pensée de rencontrer dans le Batteur d'Estrade un contradicteur, que dites-vous de l'avenir du brandy? hausse ou baisse?

— Une hausse énorme!

M. Sharp frappa la table d'un si violent coup de poing que les verres s'entre-choquèrent; du reste, il était radieux.

— Je suppose que vous ne plaisantez pas, Joaquin?

— Nullement!

— Ainsi, c'est sérieusement que vous prétendez à la hausse des eaux-de-vie?

— Si sérieusement que j'en ai acheté trois cents barriques aujourd'hui même.

— Je calcule que c'est trois mille piastres au moins que vous perdrez dans cette belle opération.

— Vous voulez dire que je réaliserai de dix à vingt mille piastres de bénéfices?

M. Sharp était si joyeux qu'il mit ses deux pieds sur la table, à la façon américaine, et se renversa dans son fauteuil; il tenait enfin sa discussion sur les trois-six, et il se sentait certain du triomphe.

— Je suppose que vous ignorez une chose, ami Joaquin, reprit-il d'un ton à la fois protecteur et modeste, c'est que Kennedy, dans le but de produire une hausse, a accaparé depuis six semaines toute l'eau-de-vie qui était disponible sur la place.

— Tant mieux pour moi!

— Attendez donc, Joaquin, je n'ai pas achevé. Le malheur veut que ce brave Kennedy, à court d'argent, et ne pouvant pas attendre, se trouve forcé aujourd'hui de se défaire à tout prix de ses immenses approvisionnements de brandy.

— Et puis?

— Comment! et puis?... Cette vente va déterminer une baisse extraordinaire sur l'eau-de-vie. Vraiment, Joaquin, vous avez agi dans cette circonstance avec une légèreté impardonnable... il fallait donc venir me trouver. Voulez-vous que je vous donne un conseil d'ami?

— Très-volontiers, ce sera le premier que j'aurai reçu de ma vie...

— Sortez au plus vite de cette affaire. C'est le seul parti sensé que vous ayez à prendre.

— Vous croyez?

Master Sharp eut un bon mouvement.

— Je l'affirme, répondit-il sans hésiter.

— Mais comment faire?... Parbleu, une idée!... Je vous cède mon acquisition, Sharp!

L'Américain retira ses pieds de dessus la table et prit une pose réfléchie.

— J'ai beaucoup bu ce soir, ainsi que le remarquait si judicieusement tout à l'heure mon ami Wiseman, répondit il, vous pourriez abuser de mon état pour me tromper...

— Merci !... Supposez alors que je n'ai rien dit.

— Non... non... J'ai confiance en vous, Joaquin... Et puis, je ne suis pas tout à fait assez ému pour ne pouvoir pas discuter... Que j'entende seulement prononcer quelques chiffres, et cela me rendra tout de suite mon sang-froid. Avancez un premier prix.

— Je vous livre mes eaux-de-vie avec un bénéfice de cinq mille piastres !

— Je ne vous comprends pas !... vous voulez sans doute dire que vous consentez à un rabais de cinq mille piastres... n'est-ce-pas.

— Du tout !... c'est au contraire cette somme que j'exige pour vous céder mon achat...

L'Américain s'empressa de replacer ses jambes sur la table ; il croyait à une mystification.

— Vous refusez, Sharp ? reprit Joaquin. Je vous avertis que c'est un bénéfice de cinq à quinze mille piastres que vous manquez à réaliser !

— Que vous êtes donc parfois plaisant, cher señor ! s'écria l'Américain.

— Oh ! bien délicieusement plaisant, en vérité, ajouta M. Wiseman.

Le négociant et l'armateur s'abandonnèrent pendant près de cinq minutes à une bruyante hilarité ; ils ne s'étaient jamais autant divertis.

— Connaissez-vous M. Kennedy ? demanda le Batteur d'Estrade à son amphitryon, lorsque la gaieté de ce dernier se fut un peu calmée.

— Je suppose que oui.

— Que pensez-vous de lui ?

— Je présume que c'est un vrai gentleman... Il n'opère jamais qu'au comptant !...

— Savez-vous ce qu'il a fait, il y a aujourd'hui six semaines de cela, ce Kennedy, qui est si gentleman ?

— Non... je l'ignore.

— Il s'est amusé, pour essayer la portée de son rifle, à tirer sur un Indien inoffensif et tranquillement occupé à labourer un champ aux environs de la ville.

— Oh ! il tire très-bien, Kennedy !... Je gagerais qu'il a touché l'Indien.

— Vous gagneriez... il l'a tué !

— Il est parfois, lui aussi, très-plaisant, ce cher Kennedy !

— Oh ! oui, bien délicieusement plaisant, confirma de nouveau master Wiseman.

Et les rires recommencèrent.

Tandis que MM. Sharp et Wiseman jetaient ainsi l'esprit à pleines mains, MM. d'Ambron et de Hallay échangeaient quelques phrases insignifiantes, le premier dans l'intention de ne pas abuser de la position équivoque de son adversaire, le second, afin de dissimuler son embarras et sa rage ; mais bientôt tous les deux se levèrent, comme d'un accord commun, et se rapprochèrent du négociant et de l'armateur ; il était aisé de voir qu'ils avaient hâte de rompre leur espèce de tête-à-tête.

— Je suppose que Kennedy, quelque habile qu'il soit à se servir d'un rifle, rencontrerait son maître dans monsieur le marquis, s'il osait se mesurer avec lui, dit M. Sharp. Vous êtes-vous essayé avec M. de Hallay, cher Joaquin ?

— Jamais !... ce qui ne m'empêche pas de rendre justice à l'extrême adresse de monsieur.

— Vous avez vu tirer monsieur le marquis ?

— Non, pas précisément...

— Du reste, ce talent vous sera bien utile, si la grande opération que vous combinez maintenant se réalise bientôt, poursuivit le négociant en s'adressant à M. de Hallay ; je calcule, señor, que vous êtes content de la tournure que prend cette affaire... on en parlait aujourd'hui très-favorablement à la Bourse... Je suppose, cher Joaquin, que vous ferez partie de cette expédition ?...

— De quelle expédition, Sharp ?

— De celle de monsieur le marquis.

— J'ignore complétement quels sont les projets de M. de Hallay...

— En vérité ! Pourtant, il n'est question dans tout San-Francisco que de cette entreprise... Je présume que si vous y entriez, Dick, je prendrais peut-être une centaine d'actions... ce serait aventurer mon argent, c'est vrai... mais qui ne risque rien ne gagne rien !... Et puis, après la découverte des *placers* de la Californie, on doit croire à tout ; tout est possible !...

— J'ai déjà entretenu jadis vaguement le señor Dick de mes espérances, répondit M. de Hallay, mais le moment n'était pas encore venu de m'expliquer clairement... S'il désire connaître le motif qui m'avait conduit en Sonora lorsque j'ai eu l'honneur d'y faire sa connaissance, je suis prêt à satisfaire sa curiosité.

— Je suis peu curieux, monsieur... Si cependant cette explication peut aboutir à une affaire lucrative pour moi, je vous écouterai avec attention.

— A une fortune, cher Joaquin, interrompit M. Sharp, une fortune, en vérité !

Le marquis attendit une réponse ; mais voyant que le Batteur d'Estrade gardait le silence, il continua :

— Le vaste département de la Sonora possède cent fois plus d'or à lui seul que la Californie entière !... Quand les trésors enfouis dans ses sables luiront au soleil, ce sera une révolution sociale dans l'univers, car les plus colossales fortunes actuelles ne constitueront même plus à leurs détenteurs une modeste aisance !... Assisterons-nous à ce curieux et étrange spectacle ? Je l'ignore. Quelles que soient les ressources que possède la civilisation, quelque énergie que donne la fièvre de l'or à ceux atteints de cette inexorable maladie, les obstacles qui s'opposent à une exploitation réglée de la Sonora sont si nombreux et si grands, que notre siècle ne parviendra sans doute pas à les vaincre ! Toutefois il est permis, dès aujourd'hui, aux cœurs intrépides et aux bras vaillants, de commencer cette riche récolte ! Des renseignements exacts, positifs, irrécusables, m'ont donné la certitude qu'une société ou une association d'Européens, assez forte pour n'avoir rien à craindre des Peaux-Rouges qui campent dans ces solitudes, parviendraient aisément à réaliser des bénéfices immenses, et qui dépassent tout ce que pourrait rêver l'imagination la plus exaltée. C'est cette troupe que j'organise, ce sont ces bénéfices que je veux.

— Que pensez-vous des espérances de M. le marquis, cher Joaquin ? demanda master Sharp avec vivacité. Comme personne ne connaît mieux que vous la Sonora, j'attache une importance extraordinaire à votre opinion. Je calcule que, n'ayant aucun intérêt à me tromper, vous me direz la vérité vraie.

— M. de Hallay reste de beaucoup au-dessous de la réalité, dans son appréciation des richesses de la Sonora, répondit le Batteur d'Estrade ; mais, en revanche, il ne me paraît pas accorder une importance suffisante aux difficultés que rencontrerait une semblable expédition. Combien d'hommes emmèneriez-vous, marquis ?

— Deux cents au moins, trois cents au plus.

— Eh bien ! avant six semaines, le désert compterait deux ou trois cents nouveaux cadavres !

— Ce serait bien triste pour les actionnaires ! s'écria M. Sharp d'un air lamentable. Dick, je vous remercie.

— Attendez, Sharp... je n'ai pas achevé. Là où deux cents hommes mourraient de faim, dix trouveraient le moyen de vivre ! L'opération de M. de Hallay, déplorable sous la forme d'une expédition, pourrait donc être excellente, si elle était exécutée comme un simple coup de main...

— Le conseil que vous me donnez, señor Joaquin, est-il de me faire massacrer, moi et mes gens, par les Peaux-Rouges ? demanda le marquis.

— Je veux dire, monsieur, repondit tranquillement le Batteur d'Estrade, que si les renseignements que vous possédez sont aussi précis et irrécusables que vous le prétendez, vous n'avez nullement besoin de réunir trois cents aventuriers pour partager et amoindrir votre gain... Si vous savez que là, à tel endroit, se trouve telle masse d'or... eh bien ! mettez-vous tout de suite seul en route et revenez le plus tôt possible. Seulement, permettez-moi d'ajouter qu'il est possible que l'on vous ait trompé. Je suis loin, bien loin, de soupçonner votre véracité ; mais je me méfie de votre crédulité ! Qui vous assure que la personne dont vous tenez ces renseignements si positifs, n'a pas abusé de votre bonne foi, ne s'est pas jouée de vous ? Cette supposition est au contraire des plus vraisemblables ; car il est peu probable qu'un homme, possesseur d'un aussi précieux secret, eût été assez fou pour le confier à une oreille étrangère !

— Cher Joaquin, vous auriez dû vous établir négociant, interrompit M. Sharp avec enthousiasme. Je n'ai jamais entendu mieux discuter une affaire, non, jamais, en vérité. Je calcule que je ne prendrai pas une seule action. Comment, diable ! avec tant de bon sens, avez-vous pu acheter aujourd'hui trois cents barriques d'eau-de-vie ?

Les compatriotes de M. Sharp ne jugeaient nullement cet excellent homme aussi ridicule qu'il pourrait le paraître aux yeux des Européens ; loin de là, il jouissait, parmi le commerce de San-Francisco, d'une réputation d'habileté, bien méritée, certes, par trois faillites heureuses, qui avaient eu pour résultat définitif de lui constituer une très-belle aisance. On le consultait fort volontiers dans les cas embarrassants ! En effet, un négociant qui a failli trois fois doit connaître parfaitement, et par conséquent éviter facilement les affaires scabreuses. Aussi est-il bien difficile d'acquérir la confiance du commerce américain, si l'on n'a pas dans ses états de services industriels quelques suspensions de payement !

Comment oser se fier à un homme qui n'a jamais eu à supporter les bourrasques de la mauvaise fortune ? Si la chance vient à l'abandonner, que sera-t-il aux jours du malheur ? Ne perdra-t-il pas la tête ? Saura-t-il, comme le géant de la Fable, puiser de nouvelles forces dans sa chute, et rebondir jusqu'au faîte dont il aura été précipité ? Une entreprise, publiquement désapprouvée par M. Sharp, était donc immédiatement mal notée sur la place ; elle perdait tout de suite cinquante pour cent de sa valeur.

A l'approbation donnée par l'Américain au Batteur d'Estrade, toutes ces considérations se présentèrent en foule à l'esprit du marquis, et firent taire la voix de son orgueil ; l'intérêt l'emporta momentanément en lui sur la violence.

— Señor Joaquin, dit-il, je me plais à reconnaître la justesse de vos observations ; oui, dans un cas ordinaire, votre critique serait irréfutable ; mais il est une circonstance que vous ignorez, et qui me donne toute confiance dans les renseignements qui m'ont été fournis. Il est un moment où l'homme le plus vil et le plus perfide, celui-là même qui se serait montré parjure au sentiment de l'amitié, et serait resté sourd à l'appel de la reconnaissance, peut et doit être cru sur sa simple parole... c'est lorsque, prêt à abandonner la terre, il jette un regard de pitié sur les vanités et les ambitions du monde !... A l'heure suprême de la mort on craint ou on méprise le mensonge !... Le secret que je possède m'a été confié par des lèvres agonisantes.

Le Batteur d'Estrade regarda fixement son interlocuteur. Le teint pâle, les yeux brillants d'un feu sombre, et la main droite passée dans son gilet, le marquis avait l'immobilité d'une statue. Loin de paraître redouter l'examen de Joaquin, il semblait au contraire le provoquer.

Il y avait quelque chose de si menaçant dans l'attitude impassible de ces deux hommes, mais ce quelque chose offrait une nuance si difficile à saisir, que le comte d'Ambron fut le seul qui soupçonna un drame muet et intime. Master Sharp réfléchissait aux nouvelles explications données par le marquis ; M. Wiseman, sa tête appuyée sur son assiette, dormait d'un lourd sommeil, agité par des rêves, ainsi que prouvaient les mots saccadés qui s'échappaient de temps à autre de sa bouche. « Oh ! bien plaisant !... délicieusement plaisant... »

Enfin le Batteur d'Estrade prit la parole.

— Aussi vrai, marquis dit-il, que vous jouez, en ce moment-ci, sans vous en douter, avec le manche de votre poignard, j'admire votre belle audace et suis tenté de croire à la réussite de votre entreprise.

Le jeune homme retira comme involontairement sa main de dessous son gilet, et, d'une voix parfaitement calme :

— Prendrez-vous place dans les rangs de ma petite armée, señor Joaquin ?

— Non, marquis !... Oh ! ce n'est pas la confiance en vous qui me manque, soyez-en persuadé ; mais j'éprouve une répugnance instinctive tellement forte pour tout ce qui se rapproche de l'assujettissement, je me sais tellement incapable de me plier à la moindre discipline, que je ne m'engagerai jamais dans une expédition où je n'aurais pas mes coudées franches ! Cependant je calcule, comme dit cet honnête master Sharp, que si vous donnez suite à vos desseins, nous nous reverrons encore en Sonora !...

— Je l'espère !...

— Bah ! faites mieux... comptez-y.

L'accueil du jeune homme manqua d'élan, il ne lui offrit pas la main. (Page 34.)

— Dois-je m'inscrire oui ou non pour des actions, cher Joaquin ! demanda M. Sharp.

— Je vous répéterai ce que vous disiez tout à l'heure : « Qui ne risque rien ne gagne rien. »

— C'est juste ! je présume que je souscrirai pour vingt-cinq... on ne sait ce qui peut arriver. Ah ! si c'était vous, Joaquin, qui fussiez à la tête d'une pareille expédition, je suppose que j'y engagerais volontiers la moitié de ma fortune !...

— Vous auriez tort.

— Oh ! que non ! il n'est pas un homme qui en sache autant que vous sur la Sonora ; on prétend que vous y avez ramassé des millions !... Mais racontez-moi donc où et comment vous avez rencontré monsieur le marquis : M. de Hallay était-il dans le bon chemin ? se dirigeait-il vers ces mystérieuses retraites où l'or, sans méfiance de l'homme, dort tranquillement au soleil sur son lit de sable ?

— Quels contes à dormir debout me récitez-vous là, Sharp ? Apprenez une bonne fois pour toutes, que l'or, cette source de toutes les bassesses et de la plupart des crimes, fuit la lumière du soleil, et se cache dans les entrailles de la terre comme s'il avait la conscience de sa fatale mission,

et qu'elle lui fît honte et horreur ! C'est dans la forêt Santa-Clara, c'est-à-dire à cent et quelques lieues de Guaymas, que monsieur le marquis et moi nous avons fait connaissance.

— Mais je présume que depuis lors vous n'êtes pas restés ensemble, car M. de Hallay ne m'a pas parlé de vous à son retour à San-Francisco.

— Vous présumez juste, Sharp. Après avoir remis monsieur le marquis dans son chemin, je le laissai dans un rancho voisin de Guaymas, au rancho de la Ventana. Depuis lors, — il y a de cela près de deux mois ; — ce soir est la première fois que nous nous soyons retrouvés en présence l'un de l'autre.

Une exclamation d'étonnement, poussée par le comte d'Ambron, attira en ce moment l'attention de M. de Hallay, de Sharp et du Batteur d'Estrade. Le comte, quoiqu'il essayât de sourire, car il voyait tous les yeux fixés sur lui, était d'une pâleur de mort ; le gonflement de ses narines, le tremblement de ses lèvres, l'expression tout à la fois vague et menaçante de son regard annonçaient une émotion extraordinaire.

Il sembla d'abord vouloir prononcer une phrase ; mais

soit que les mots qui se présentaient à son esprit lui parussent impropres à formuler sa pensée ; soit plutôt qu'il craignît par sa trop grande précipitation de livrer un secret, il s'arrêta ; toutefois ce silence fut de courte durée ; ses hésitations disparurent bientôt devant la violence du sentiment qui le dominait.

— Vous connaissez Antonia, monsieur ? demanda-t-il à de Hallay d'un ton brusque et impérieux qui froissait toutes les convenances.

Le marquis tressaillit ; mais dominant aussitôt la colère mêlée de surprise que lui causaient la nature et le ton de cette question :

— Oui, monsieur, je connais la señorita Antonia !... c'est une belle enfant !...

— Combien de temps êtes-vous resté au rancho de la Ventana ?

— Six semaines !

— Six semaines ?

— Oui, six semaines ! Vous avez l'air étonné ? Je viens pourtant de vous avouer que cette jeune fille était fort de mon goût.

— Antonia est-elle ou a-t-elle été votre maîtresse ?

— Ah ! pardon, cher comte, mais voici que votre interrogatoire franchit les limites de la curiosité la plus intime ! Je vous demanderai la permission de ne pas répondre à cette question.

— Vous y répondrez, marquis ?...

— Vous croyez ?... Alors ce sera bien contre ma volonté ! Il faudra que l'on m'y contraigne...

— Soit, on vous y contraindra.

— Vraiment ! Et qui se chargera de cette mission, qui, je ne vous le cacherai pas, me paraît hérissée de périls et de difficultés ?

— Moi, marquis.

— Ah ! vous, comte ! Puis-je savoir par quel moyen ?

— J'userai de mon droit.

— Ah ! vous avez des droits sur Antonia ?

— Non ; mais sur vous.

— Sur moi ! En vérité, je suis tenté de copier ce bon master Wiseman et de vous dire : Oh ! bien délicieusement plaisant ! Et quel est, je vous prie, ce droit que vous avez sur moi ?

— Le droit que possède tout homme de cœur, de forcer à parler les drôles qui calomnient les femmes et ne se battent pas avec les hommes ?

— Comte !

— Marquis !

Les deux jeunes gens s'étaient levés ; le Batteur d'Estrade se plaça entre eux.

— Messieurs, leur dit-il froidement, un mot me suffira pour vous mettre d'accord. Antonia ne vous aime ni l'un ni l'autre. Maintenant, si vous souhaitez, comme je le présume, vous retrouver demain, entendez-vous ensemble. Cela ne me regarde plus en rien. Je suis un batteur d'estrade et non un juge conciliateur ? J'ai pu, j'ai dû m'interposer une fois entre vous deux ; mais les efforts humains sont impuissants contre la destinée. Il doit y avoir entre vous du sang répandu... Cela se voit. Soit ! Ici, vous êtes dans une maison et sur un terrain neutre, sous le même toit qu'une jeune

fille ; l'oublier serait manquer à toutes les lois de l'hospitalité et de l'honnetr.

Joaquin Dick parlait encore, quand de bruyantes exclamations, poussées dans la rue par la foule, couvrirent le bruit de sa voix.

Presque aussitôt des sifflements aigus, des vociférations furieuses des cris lamentables retentirent devant la maison de M. Sharp.

— Je calcule qu'il est arrivé quelque tragique événement, dit le négociant en s'élançant vers la porte du parloir ; allons voir, messieurs, ce que cela peut être !... Un meurtre, sans doute, cela nous divertira !

M. Wiseman, resté seul dans la salle à manger, répétait toujours en dormant son monotone refrain :

— Bien délicieusement plaisant... oh ! oui, en vérité, bien délicieusement plaisant !...

Lorsque MM. Sharp, Joaquin, d'Ambron et de Hallay arrivèrent sur le seuil de la porte, ils virent une foule atterrée et affarée qui encombrait la rue ; puis, au milieu de cette espèce de troupeau humain, des charretiers qui lançaient leurs chevaux à fond de train et sans se soucier des accidents inévitables qui devaient être la conséquence forcée de leur brutale imprudence.

Peu après apparut une troupe d'hommes attelés à une pompe, courant à toutes jambes en poussant des cris de démons et en renversant tout sur leur passage ; des gens couverts de haillons et à la figure sinistre éclairaient la marche des pompiers en secouant de longues torches résineuses qui jetaient des milliers d'étincelles. Ce spectacle avait quelque chose d'infernal.

— Un incendie, je suppose ! s'écria M. Sharp avec effroi ! Pourvu que le vent ne porte pas vers ma maison...

Le négociant arrêta au passage un enfant qui, plus réjoui qu'épouvanté par cette scène, suivait les pompiers partant pour éteindre l'incendie, et les charretiers qui espéraient bien voler des meubles.

— Où est le feu mon ami ? demanda-t-il.

— Dans Merchant-street, monsieur !... Laissez-moi partir... c'est moi qui ai donné l'alarme... je veux tout voir...

— Je suppose que si vous répondez à mes questions, je vous ferai cadeau d'un shilling.

L'enfant était Américain ; il resta :

— Donnez le shilling, dit-il, je calcule que j'arriverai toujours à temps, cet incendie durera au moins jusqu'à demain.

— Dans Merchant-street ! répéta M. Sharp, alors notre rue n'a rien à craindre... Le vent est pour nous !... Tiens, tiens, tiens ; mais cela pourrait bien faire hausser la brique... Pourvu que l'on n'aille pas l'éteindre tout de suite, ce feu !... Dites-moi, mon jeune ami, savez-vous dans quelle maison s'est d'abord déclaré l'incendie !...

— Puisque c'est moi qui l'ai signalé le premier ! Et mon shilling ?

— C'est juste. Eh bien ! quelle est cette maison ?

— Celle de master Kennedy. By God, que cela sera donc beau ! s'écria l'enfant sans chercher à dissimuler sa joie. Tous ces immenses magasins remplis de barriques d'eau-de-vie vont produire un feu comme l'on n'en a peut-être pas encore vu à San-Francisco... sans compter que l'eau-de-vie en flammes va se répandre partout. Tout le monde aura du grog... Mon shilling, sir?... Merci...

L'enfant mit la petite pièce d'argent dans la poche de son gilet et s'enfuit à toutes jambes.

— Que pensez-vous, señor, de mon opération sur le brandy? demanda froidement le Batteur d'Estrade à M. Sharp. Je calcule que vous avez eu tort de ne pas me croire, et de me refuser cinq mille piastres de bénéfices!... C'est, je vous le répète, au moins deux mille guinées que vous manquez à gagner!...

Le négociant était ébahi.

— Vous saviez donc que cet événement aurait lieu, Joaquin?

— Ah çà! me prenez-vous pour un incendiaire?

— Non... non... pardon... Je voulais dire : vous soupçonniez donc ce sinistre?

Le Batteur d'Estrade se mit à rire.

— Je calcule, Joaquin, que je ne devine pas le motif de votre gaîté!

— Je pense, master Sharp, que, comme les Indiens sont des êtres très-superstitieux, ils vont se figurer que le malheur qui atteint ce Kennedy, si bon tireur de rifle et si parfait gentleman, est un châtiment que lui inflige leur Dieu ou *Manitou* pour avoir essayé la portée de sa carabine sur ce pauvre diable qui cultivait si tranquillement son champ!...

L'arrivée de miss Mary mit fin à cette conversation.

XIV

LES DEUX ENTRETIENS.

Quoiqu'elle eût été surprise par les clameurs de la foule, et qu'elle ignorât encore si un danger imminent ne menaçait pas la maison de son père, car les incendies se propagent à San-Francisco avec une incroyable rapidité, miss Mary avait conservé ce maintien calme et placide qui lui avait valu de Joaquin Dick le surnom de belle statue.

Elle s'approcha de son père, et, d'une voix exempte de toute émotion :

— Dois-je donner aux serviteurs l'ordre de commencer le déménagement? lui demanda-t-elle.

— C'est inutile, Mary! je calcule que nous ne courons aucun risque.

— Alors, monsieur, si vous désirez monter au salon, le thé est servi!

— Tout à l'heure, Mary, tout à l'heure! Il est toujours pénible d'être le témoin d'un sinistre... Mais quand un malheur ne vous touche pas directement, on éprouve malgré soi une certaine joie en songeant que la ruine passe à vos côtés sans vous atteindre, pour aller tomber sur votre voisin!... Ce Kennedy est un butor qui parviendra difficilement à se relever de ce désastre... Oui, je le répète, un butor et un sot qui se croyait un habile négociant, parce qu'il avait joué de bonheur... Je doute fort qu'il renaisse de ses cendres!...

Miss Mary, après avoir répondu par une affirmative et distraite inclination de tête aux remarques peu charitables de son excellent père, s'était rapprochée du Batteur d'Estrade.

— Eh bien! señor Joaquin, lui demanda-t-elle rapidement et à voix basse, avez-vous arrangé le différend de MM. de Hallay et d'Ambron? ont-ils renoncé à leur projet de duel?

— J'ai tenu la promesse que je vous avais faite, Mary, et pourtant le comte et le marquis se battront demain.

— Que m'apprenez-vous, Joaquin? s'écria la jeune fille avec agitation.

— La vérité, miss Mary!... La prudence humaine est impuissante contre les arrêts du destin!... Il était sans doute écrit là-haut que ces deux hommes se rencontreraient ici-bas, face à face, la carabine à l'épaule ou le revolver au poing.

— Mais vous m'aviez assuré que vous aviez un moyen infaillible pour empêcher ce combat?...

— Ce moyen, je l'ai employé, et il m'a réussi!...

— Eh bien? alors...

— Une réconciliation s'en est suivie, mais bientôt un nouveau choc entre ces deux indomptables natures a fait jaillir l'étincelle, et j'ai dû m'avouer vaincu... Je ne puis rien contre la foudre...

— Ce que la prudence humaine n'a pu faire, dit-elle enfin d'un ton calme et résolu, l'amour l'accomplira.

— C'est possible, miss Mary! j'ai une extrême confiance dans l'opiniâtreté rusée que déploient les femmes lorsque leurs passions sont en jeu. Pourtant, n'oubliez pas qu'il y a entre ces deux jeunes gens plus qu'une injure, il y a de la haine. S'ils n'obéissaient, en cette circonstance, qu'aux préjugés du point d'honneur, on parviendrait à les arrêter au moyen d'arguments subtils et de pompeux paradoxes... Mais telle n'est pas la situation des choses... ce sont deux cœurs chargés de colère outre mesure et qui font explosion. Quoi qu'il en soit et quoi qu'il arrive, je déclare que je reste et resterai complétement étranger à tout ce qui s'en suivra.

Miss Mary, pendant que le Batteur d'Estrade prononçait ces paroles, l'observait avec une sérieuse attention.

— Señor Joaquin, lui dit-elle, je crois pouvoir affirmer, sans me tromper, qu'un revirement complet s'est opéré depuis tantôt dans vos idées.

— Quel revirement, miss Mary?

— Je l'ignore, mais il est flagrant.

— Qui vous donne à penser cela?

— Le peu d'empressement, ou mieux encore, l'inqualifiable tiédeur que vous mettez à présent à empêcher l'événement que je redoute. On dirait vraiment que ce duel vous comble de joie. Votre intérêt personnel ne se trouverait-il pas mêlé à la querelle du comte et du marquis?

Soit que cette question l'embarrassât, soit qu'il considérât cette discussion comme sans but et sans utilité, le Batteur d'Estrade s'inclina devant la jeune fille et s'en alla rejoindre M. d'Ambron, que M. Sharp raisonnait pour qu'il ne se rendît pas sur le lieu du sinistre.

La présence de Joaquin produisit plus d'effet sur la volonté du comte que l'éloquence du négociant américain; il promit à M. Sharp qu'il ne s'éloignerait pas avant d'avoir pris le thé ; puis, passant son bras sous celui du Batteur d'Estrade, il l'entraîna dans la rue.

— Señor Joaquin, lui dit-il, je souhaitais ardemment vous revoir... j'ai à vous demander une explication de la plus haute importance.

— Quelle explication, comte ?

— Vous connaissez ma devise ? répondit M. d'Ambron après avoir hésité.

— Oui, c'est la devise d'un fou : elle est fort belle. Ensuite ?

— Joaquin, continua le jeune homme d'une voix à la fois grave et émue, je vous dois la vie, vous m'avez touché la main et je vous ai appelé mon ami ! n'est-ce pas ?...

— Oui ; après ?

— Au nom de mon repos futur, si je ne suis pas tué demain, au nom de la générosité dont vous avez usé envers moi, enfin au nom de la loyauté, qui, en dépit de vos accès de scepticisme, perce malgré vous jusque dans vos moindres actions, je vous adjure de ne pas me tromper, de me répondre la vérité entière. N'est-ce point par votre ordre que les magasins de ce Kennedy sont devenus la proie des flammes ?

Un silence embarrassant dura quelques secondes.

— Je crois inutile d'ajouter, reprit M. d'Ambron, que ce secret, si vous le confiez à mon honneur, mourra avec moi, quel que soit le nombre d'heures, de jours ou d'années que je passerai encore sur la terre.

— Eh bien ! si j'étais, en effet, l'auteur de cette catastrophe, en quoi et comment cette conviction modifierait-elle les rapports qui existent entre vous et moi ?

— Je resterais votre débiteur, prêt à vous prouver, à votre premier appel, toute l'étendue de ma reconnaissance... mais je cesserais d'être votre ami... Je risquerais sans hésiter ma vie et je compromettrais volontiers ma fortune pour vous sauver d'un danger honnête, si l'on peut parler ainsi... mais jamais plus ma main n'accepterait l'étreinte de la vôtre... nous serions séparés par un crime !...

Le Batteur d'Estrade, au lieu de répondre, se mit à considérer le comte ; il y avait dans le regard de Joaquin une telle expression de bonté indicible et de tendre bienveillance, que M. d'Ambron n'attendit pas sa réponse !

— Oh ! non, vous n'êtes point coupable, Joaquin ! s'écria-t-il ; mes soupçons étaient odieux, insensés..... Avouez pourtant que votre achat des trois cents barriques d'eau-de-vie, et vos prétentions exorbitantes pour céder cette affaire, qui devait, tout à l'heure encore, vous paraître détestable, présentaient des coïncidences si inouïes, si singulières avec l'incendie des magasins de ce Kennedy, que j'ai pu, de prime-abord, concevoir des doutes !...

— Voilà bien la jeunesse, dit froidement Joaquin, excessive et folle dans ses appréciations et ses sentiments ! Acceptant ou niant tout, selon qu'elle voit un visage qui rougit ou qui reste impassible, elle ne comprend de la vie que les actions qui semblaient être tout d'une pièce !... Non, je ne suis pas l'auteur de l'incendie qui va ruiner ce Kennedy ; mais je savais que cet événement devait avoir lieu, et je l'ai laissé s'accomplir... Ah ! ah ! voilà que vous vous taisez... vous n'osez plus poursuivre votre interrogatoire... Tout à l'heure, vous me considériez comme le plus généreux des hommes, et maintenant je vous apparais comme

un monstre sans nom... Monsieur d'Ambron, voulez-vous me laisser vous donner un conseil ? Eh bien ! tant qu'un de vos semblables n'aura pas attaqué la société, et été flétri par la loi, ne portez jamais sur lui un jugement irrévocable ! Oui... je devine votre objection !... Si je n'ai pas allumé cet incendie, je profite du moins des désastres qu'il cause ! Eh bien ! non !... du bénéfice provenant de la vente de mes eaux-de-vie, pas une seule piastre ne restera entre mes mains !... L'emploi de cet argent était consacré à l'avance à une bonne action... à une réparation !...

Joaquin Dick s'arrêta, et, se mettant à rire :

— Vous voyez, comte, poursuivit-il, que tout en me rendant à votre désir, en ne vous cachant rien de la vérité, je vous laisse plus perplexe et incertain que vous ne l'étiez au début de notre conversation ; c'est que, pour se former une opinion bien arrêtée sur le compte de quelqu'un, il ne s'agit pas seulement de le surprendre dans un acte isolé de sa vie, il faut connaître son existence entière. Cette remarque prouve tout bonnement, monsieur d'Ambron, que j'attache une importance très-grande à l'opinion réfléchie et irrévocable que vous serez peut-être bientôt appelé à vous former sur mon compte !... Ceci dans ma bouche est, je vous en préviens, un compliment d'un haut prix ! Je ne vois guère que vous à qui je pourrais parler ainsi... Mais bah !... voilà que j'oublie, ce que je vous répétais chaque jour, lorsque j'habitais Paris : vous n'êtes qu'un fou sublime !...

— Señor Joaquin, dit le jeune homme, après avoir passé à plusieurs reprises sa main sur son front, je ne saurais vous exprimer quel chaos vous mettez dans mes idées. Vous ne touchez pas à mes convictions, non ; mais vous fatiguez horriblement mon imagination ; je vous cherche en vain une analogie dans la nature humaine, et n'y rencontrant aucun type qui se rapproche du vôtre, je me lance dans le domaine vertigineux de la fantaisie !... Je vous demande donc de mettre un terme à cet entretien que j'ai, le premier, je l'avoue, sollicité de votre complaisance. Demain, si Dieu me favorise, si, comme j'en ai l'espérance, je sors vainqueur de ma rencontre avec le marquis de Hallay, je viendrai vous prier de reprendre cette conversation ! D'ici là, j'ai besoin de calme et de repos !...

M. d'Ambron, après cette réponse, se dirigea vers la maison de M. Sharp dont, tout en causant, il s'était éloigné d'environ deux cents pas. Joaquin Dick marchait distraitement à ses côtés sans prononcer une parole, et plongé dans une profonde méditation.

— Comte, dit-il en arrêtant le jeune homme par le bras au moment où il allait frapper à la porte, car M. Sharp, une fois bien assuré de la ruine de l'ex-gentleman Kennedy était rentré au parloir ; comte, deux mots !

— Je vous écoute, señor Joaquin.

— Moi aussi j'avais, ce soir, une explication à vous demander... mais une explication utile et sérieuse, car son résultat doit peser sur notre mutuel avenir. Où demeurez-vous ? A quelle heure vous trouverai-je chez vous demain ?

— Vous oubliez, señor Joaquin, que demain je ne m'appartiendrai pas... je serai toute la journée aux ordres de M. de Hallay !

— Vous vous trompez ! demain vous ne serez pas aux ordres du marquis, ce sera lui qui se verra à votre discrétion !...

— Mais, señor Joaquin...

— Craignez-vous donc que je vous expose à une démarche compromettante ? vous auriez tort !... Le sauvage Joaquin Dick n'est pas complètement étranger aux délicates questions et aux usages consacrés qui se rapportent au duel. Son ami don Romero, une espèce de spadassin cosmopolite, très-expert et instruit dans ces sortes de choses, l'a jadis au courant des notions premières du point d'honneur... Où demeurez-vous ?

— Près d'ici, à Washington-square !

— Vous levez-vous de bonne heure ?

— Autrefois, non ; maintenant, oui.

— C'est bien ; je serai chez vous demain matin à six heures... Encore une question, je vous prie. Êtes-vous joueur ?

M. d'Ambron ne pût s'empêcher de sourire ; et regardant Joaquin qui avait l'air très-sérieux.

— Je ne devine pas trop, répondit-il, l'opportunité et l'à-propos de cette question.

— Êtes-vous joueur ? répéta froidement le Batteur d'Estrade.

— Non !

— Du moins, n'êtes-vous point sans savoir ce principe élémentaire qui veut, lorsque deux adversaires jouent l'un contre, que chacun d'eux expose une mise égale.

— Cette vérité est si incontestable, qu'elle ressemble un peu, señor Joaquin, à une naïveté.

— Cela vous paraît ainsi... Dans la vie, ce sont généralement les choses les plus simples, c'est-à-dire les seules vraies et les meilleures auxquelles on ne pense jamais... Le duel, lui aussi, est un jeu... n'est-ce pas ? Seulement, faute d'être naïf comme moi, on met moins de justice dans cette partie dont l'enjeu se paye avec du sang, que dans celle où la perte se solde avec quelques pièces d'or !... L'or n'a qu'une seule et même valeur... Sur cent mille onces, sur un million de louis, il n'y a pas une once ou un louis qui ne se vaillent l'un l'autre ! Il n'en est pas de même du sang !.. Le sang d'un lâche coquin n'a pas la même vertu que celui d'un vaillant soldat !... Le sang du criminel, versé par la main du bourreau, fait une tache sur un échafaud ; celui du martyr que buvait le sable avide des arènes de l'ancienne Rome, incrustait une relique dans la terre, et faisait un élu au ciel !... *A priori*, le duel est donc une duperie !... Ne m'interrompez pas... Je sais d'avance votre réponse !... Je ne discute pas le plus ou le moins de moralité du duel, il est parfois utile... c'est possible. Je voulais en arriver à ceci : Vous battriez-vous avec un assassin ?

— Non ! répondit le comte d'une voix forte et sans hésitation.

— Pourquoi ?

— Parbleu ! parce que ce serait m'avilir que d'admettre un pareil misérable sur le pied de l'égalité !...

— En ce cas, je serai demain, à six heures, à Washington-square.

— Je ne vous comprends plus !...

— Je dis que si le marquis se présente tandis que nous serons vous et moi ensemble, et qu'il croie devoir se formaliser de ce que vous le ferez attendre, vous aurez le droit de lui répondre qu'un honnête homme n'est pas aux ordres d'un assassin !...

— Quoi ! M. de Hallay !...

— Si les éclaircissements que j'ai à vous demander, et que vous me donnerez demain, sont conformes à mes désirs, je vous apprendrai le nom de la victime du marquis, afin que, s'il osait jamais lever la tête devant vous, vous puissiez le lui jeter à la face !... Si notre explication ne répond pas à mon attente, alors, ma foi ! comme ma fréquentation avec les yankees m'a rendu tant soit peu homme d'affaires, et que la mort de M. de Hallay me serait utile, je ne toucherai pas à son masque et je vous laisserai vous *rifler* tout à votre aise !... Maintenant, rentrons.

Pendant le temps que Joaquin Dick et le comte d'Ambron étaient restés dans la rue, miss Mary et le marquis de Hallay, montés tous deux au salon, avaient eu une conversation assez intéressante.

— Marquis, lui avait dit la jeune fille avec une assurance et une audace tout américaines, vous avez provoqué pour demain M. le comte d'Ambron... Vous m'obligèrez infiniment en ne donnant pas suite à ce projet.

— Je vous assure... miss Mary !... Eh bien ! oui, c'est vrai !... Que craignez-vous ? Que notre querelle ayant pris naissance chez vous, ne donne lieu à de sots commentaires ? Vous avez raison ! Mais M. d'Ambron, je le reconnais, malgré la haine qu'il m'inspire, est un véritable gentleman... je puis engager sa parole, de même que je vous donne la mienne, que nous cacherons soigneusement l'un et l'autre cette circonstance !...

— Vous vous trompez grandement, marquis ; je ne redoute nullement la calomnie, et le fait qu'une altercation s'est passée dans la maison de M. Sharp ne saurait atteindre en rien sa fille !... Savez-vous pourquoi je ne veux pas que le comte se batte avec vous ?

— Non, miss Mary !

— Parce que j'aime le comte, répondit tranquillement la jeune fille.

Un sourire moqueur apparut sur les lèvres minces de M. de Hallay.

— Vous ignorez sans doute la cause de notre duel !

— Cette cause m'importe peu...

— Permettez-moi de ne pas être de votre avis ! Cette cause vous touche au contraire beaucoup personnellement.

Une vive rougeur monta aux joues de la jolie Américaine.

— C'est donc moi qui...

— Non, miss Mary, vous n'êtes pour rien dans la discussion que nous avons eue. C'est pourtant pour une femme que nous allons sur le terrain.

— Une femme que vous aimez ?

— Que M. d'Ambron et moi nous aimons ! Oui, miss !...

A cette réponse, miss Mary eut une flamme dans le regard, du sang dans les veines, des nerfs dans le corps ; elle devint réellement femme et fut souverainement belle.

— Vous me jurez, marquis, que cela est vrai, demanda-t-elle d'une voix qui exprimait toutes les douleurs et toutes les colères de la passion.

— Je vous le jure, miss Mary !

— Non... non... vous voulez me tromper, éveiller ma jalousie afin que je vous laisse votre liberté d'action ? Je ne vous crois pas. Ah ! dites-moi : y a-t-il à San-Franscisco un autre homme que vous et le comte qui connaisse, qui ait vu cette femme?

— Oui, il y a Joaquin Dick; lui aussi l'aime.

— Joaquin Dick n'aime pas, murmura la jeune fille d'une voix sourde. N'importe, je l'interrogerai.

Alors, grâce à un puissant effort de volonté, miss Mary recouvra son sang-froid.

— Marquis, continua-t-elle, je n'ai pas eu l'intention en provoquant cet entretien de faire un appel à votre générosité, mais seulement de vous proposer une affaire. Je sais que la coopération de M. Sharp vous est en ce moment-ci très-utile, même indispensable... Assurez-moi que vous n'attenterez pas aux jours du comte, et, de mon côté je vous garantis la bonne volonté de mon père!...

M. de Hallay allait répondre, lorsque la porte du salon s'ouvrit, et donna passage au Batteur d'Estrade et au comte d'Ambron.

Master Sharp, toujours attablé dans le parloir, avait décidément renoncé à prendre du thé; le sucre de canne fermenté l'emportait sur la plante chinoise.

Master Sharp s'amusait de plus en plus : il buvait outre mesure et accablait d'invectives l'armateur qui dormait toujours, tout en répétant de temps à autre son sempiternel refrain : Oh! bien plaisant!.. en vérité... bien délicieusement plaisant!

Master Wiseman était certes doué de toutes les qualités qui constituent un excellent négociant américain; mais malheureusement il avait des rêves monotones. On ne peut pas tout avoir!

XV

UN VRAI GENTILHOMME.

Le lendemain du dîner donné par Master Sharp, Joaquin Dick, exact à son rendez-vous, frappait à six heures précises du matin à la porte d'une belle maison bâtie en briques et située au coin de Washington-street, en face d'un immense square; c'était là que demeurait le comte.

Au premier coup de marteau, un domestique se présenta.

— M. d'Ambron est-il visible? demanda le Batteur d'Estrade en français.

— Monsieur veut-il prendre la peine de me dire son nom?

— Joaquin Dick.

A la façon dont le domestique s'inclina d'abord, puis ensuite s'effaça pour laisser passer le matinal visiteur, il est incontestable qu'il avait dû recevoir des ordres. Joaquin était habillé à l'européenne : sa redingote et son pantalon, de couleur sombre, sortait certainement de l'un des meilleurs ateliers de Paris; la soyeuse et riche finesse de leur tissu, leur coupe sévère et éloignée de toute exagération, ne laissaient aucun doute à cet égard; il y avait, entre ces vêtements et ceux que la pacotille expédie à San-Francisco, toute la distance qui sépare l'art du métier. Joaquin ne portait ni bagues, ni chaînes, ni bijoux : un Américain aurait trouvé sa toilette un peu mesquine.

Ce fut dans un petit salon attenant à sa chambre à coucher que M. d'Ambron reçut le Batteur d'Estrade. L'accueil du jeune homme, quoique cordial et affectueux, manqua d'élan; il ne lui offrit pas la main.

Joaquin ne parut nullement remarquer cette espèce de réserve; il s'assit sur une causeuse, alluma une cigarette, et s'adressant à M. d'Ambron avec le même ton de familiarité et de laisser-aller qu'il employait toujours vis-à-vis de lui :

— Cher comte, dit-il, j'ai, avant toute chose, à m'acquitter d'une commission auprès de vous. Miss Mary m'a chargé de vous faire des reproches pour la précipitation avec laquelle vous vous êtes éloigné hier soir, après votre première tasse de thé... C'est une bien jolie personne, que cette jeune fille, n'est-il pas vrai?

— J'avais hâte de vous voir, señor Joaquin, dit M. d'Ambron, sans répondre à la question du Batteur d'Estrade. L'insomnie ne m'a pas laissé goûter cette nuit un instant de repos.

— Vous avez pensé à miss Mary?

Le jeune homme ne put retenir un geste d'impatience.

— Señor Joaquin, dit-il, notre entretien de ce matin doit être, si je ne m'abuse et si je m'en rapporte à vos paroles d'hier, d'une si grande importance, que nous ne saurions, il me semble, entrer trop tôt en matière.

— Mais cet entretien est déjà commencé! Je vous assure, comte, que j'attache beaucoup de prix à connaître votre opinion sur miss Mary. Ne vous arrêtez pas à l'allure un peu irrégulière de mon dialogue; je hais les longues et pompeuses périodes, et je traite les choses les plus importantes de la vie avec un semblant de légèreté que vous auriez tort de prendre pour de l'insouciance... cela tient souvent à une disposition nerveuse de mon esprit, voilà tout! Au fond, je suis très-sérieux! Que pensez-vous de miss Mary?

— Miss Mary ressemble à toutes les jeunes Américaines : elle a le teint blanc, les cheveux blonds et le cœur vide! Maintenant...

— Ainsi, son éclatante beauté n'a produit aucune impression sur vous?

— Aucune!... Vous souriez... pourquoi?

— Demander à un homme la cause d'un sourire, c'est l'exposer la plupart du temps à commettre une grossièreté ou un mensonge, car le sourire est presque toujours le reflet d'une arrière-pensée; on le motive, mais on ne l'explique pas! L'éclatante beauté de miss Mary n'a produit aucune impression sur vous! Soit, c'est convenu! je vous crois!... Tant pis!...

— Pourquoi cela, tant pis?

— Ce mot m'est échappé! Je vous le répète, je suis très-nerveux ce matin. Ce n'est pas que l'insomnie m'ait agité le sang... je ne dors jamais... mais j'ai réfléchi cette nuit plus que de coutume, et mon cerveau est à la fois fatigué et irrité...

Le Batteur d'Estrade se leva de dessus la causeuse, fit quelques tours dans le salon, et revenant s'asseoir :

— Cher comte, dit-il, nous ressemblons tous les deux en ce moment-ci, vous, malgré votre franchise, et moi, malgré mon indifférence, à deux adversaires qui, sur le terrain, se donnent mutuellement du fer, pour tâcher de deviner leurs intentions réciproques. Vous qui avez l'héroïsme pour spécialité, et qui ne le cédez en rien par votre chevaleresque générosité à l'illustre héros chanté par Cervantes, voulez-vous essuyer le premier feu! Si vous n'êtes pas atteint, c'est-à-dire, si les explications que vous me donnerez ne tournent pas contre vous, je m'engage à vous offrir loyalement à mon tour ma poitrine, à me mettre entièrement à votre disposition?

— J'accepte, señor Joaquin! Seulement, n'oubliez pas que M. de Hallay peut se présenter d'un moment à l'autre, et couper court à notre entretien.

— Six heures viennent de sonner à peine... Le marquis ne vous enverra pas ses témoins avant midi; nous avons donc plus de temps qu'il ne nous en faut!... voulez-vous que je commence?

— Commencez!...

Le comte prit un fauteuil, s'assit en face du Batteur d'Estrade et attendit.

— Comte, reprit Joaquin Dick, tout en allumant une nouvelle cigarette, si mes souvenirs ne me font pas défaut, c'était Raoul, et non pas Louis d'Ambron que vous vous appeliez à Paris? Quel motif vous a déterminé à changer ainsi votre véritable prénom de Raoul contre celui de Louis?

— Un motif très-simple, c'est que le nom de Raoul manque de synonyme en espagnol. Du reste, le prénom de Louis figure également sur mon acte de naissance.

— Alors, c'est bien vous qui êtes le don Luis qui a séjourné quinze jours au rancho de la Ventana?

— Oui!...

Le Batteur d'Estrade jeta sa cigarette à peine entamée, et affectant de sourire :

— Ce même don Luis, continua-t-il, qui donnait des conseils si pleins de sagesse à la señorita Antonia, l'accompagnait à la chasse et ne lui parlait jamais d'amour?

— Señor Joaquin... ces détails...

— Permettez, cher comte, voici que vous allez oublier votre promesse! votre rôle actuel est purement passif... votre tour viendra tout à l'heure... En attendant, vous avez à répondre simplement et sincèrement à mes questions. Je continue. Le souvenir d'Antonia n'est-il pas resté cher et présent à votre pensée? N'avez-vous pas l'intention de retourner un de ces jours au rancho?

Cette demande causa au comte une émotion visible, et que, du reste, il ne chercha pas à cacher.

— Il ne m'est pas permis de satisfaire votre curiosité à cet égard, Joaquin! s'écria-t-il.

— De la discrétion à propos d'une petite fermière?

— De la discrétion, non; des doutes, oui! Quant à celle que vous appelez une petite fermière, Joaquin, continua le jeune homme avec feu, si je n'ai pas été le jouet d'une illusion trop longue pour être probable, c'est la plus adorable créature qui soit jamais sortie des mains de Dieu!

Ce serait, en effet, une fort jolie maîtresse, qui, comme on dit en Europe, vous ferait honneur.

— Señor Joaquin !... interrompit le jeune homme d'un ton involontairement menaçant.

— Vous vous fâchez?... Vraiment, je ne comprends rien à votre colère! Ai-je donc affecté de croire que vous étiez

disposé à donner votre nom à Antonia? Nullement. Jamais cette monstrueuse idée n'a pris place dans mon cerveau. Vous êtes de trop bonne noblesse pour songer à une aussi ridicule mésalliance.

— Tenez, Joaquin, vous ne me connaissez pas. Laissez-moi vous apprendre quelle est ma manière d'envisager la vie, quels sont mes principes. Ces aveux vous guideront plus sûrement ensuite dans vos questions, dont, soit dit en passant, je ne puis encore deviner ni l'utilité ni la portée.

— Parlez, si bon vous semble... Nous avons au moins six heures devant nous!... Toutefois, je doute que vos explications me soient d'une grande utilité... Vous allez vous comparer à Caton!...

— Que Dieu me garde d'une telle fatuité! Du reste, Caton n'est pas mon héros, loin de là, et je serais au désespoir de le prendre pour modèle! Ce que je désire avant toute chose au monde, c'est, non pas d'éveiller l'admiration de mon entourage, mais bien de posséder ma propre estime! La satisfaction de ma conscience me donne une force, un orgueil et un bien-être que je ne saurais vous exprimer... Le poids d'une mauvaise action m'écraserait, il me semble que je ne saurais le supporter. Ce que j'aime le plus après ma tranquillité, c'est le plaisir... j'en suis avide!... Caton, moi, allons donc! vous êtes fou, Joaquin!... Il n'est pas un jeune homme dans Paris qui ait jeté plus joyeusement et plus facilement son or que je ne l'ai fait. Mon pied a foulé et des plus enviés boudoirs... mais il n'a jamais taché le sol pauvre et dénudé d'une honnête mansarde!... Si j'ai magnifiquement payé le vice, j'ai du moins toujours respecté la vertu!... Je suis fier de ma noblesse, parce qu'à cette noblesse se rattachent des traditions de loyauté, de courage et de tact! Dans l'homme parvenu qui a bravement et honnêtement escaladé les obstacles qui s'opposaient à son élévation, je trouve un égal et un frère, et je lui tends la main! Dans celui qui, pourvu par le hasard de sa naissance d'un nom glorieux dans les annales de la France, l'exploite indignement au profit de son ambition et de son intérêt, je vois un renégat et je ne daigne pas lui rendre son salut!... Je suis, dans ces circonstances, d'un inflexible orgueil! Aussi, ai-je eu malheureusement beaucoup de duels! Je dois ajouter que le sang versé dans ces rencontres m'a laissé sans le moindre remords. La justice de ma cause me paraissait si incontestable, si éclatante, que ces combats m'enivraient comme des joûtes de tournoi. J'avais pour devise « l'honneur! » Vous avez dû entendre souvent citer mon nom comme étant celui d'un duelliste : c'était non une calomnie, mais une erreur de la part du monde; on jugeait mes actes sans connaître le mobile qui me faisait agir. C'est cette réputation imméritée qui m'a poussé à accepter le combat exceptionnel que vous m'avez jadis proposé à Paris. La cause de notre querelle, vous vous en souvenez, sans doute, était une insulte que vous aviez adressée à une femme que je considérais comme digne de tous les respects... j'appris plus tard que je m'étais trompé... A présent, Joaquin, si vous désirez descendre encore plus au fond de mon cœur, je ne vous cacherai pas, qu'en songeant à la nullité de mon existence, j'éprouve parfois un sentiment qui tient le milieu entre l'ambition et l'envie! Je me dis qu'il y a en moi une force que je suis coupable de laisser sans emploi, et je me prends à désirer d'héroïques aventures !... C'est cette aspiration à la fois indéterminée et vigoureuse qui m'a conduit en Californie ! Il m'a semblé que, sur cette terre où chacun cherchait de l'or, il y avait une place pour celui qui voudrait chercher seulement la gloire !... Quels sont mes projets ? Je n'en ai aucun de bien arrêté, mais j'entrevois déjà un horizon dont l'immensité sourit singulièrement à mon activité et à mes rêves !... Je viens de me montrer à vous tel que je suis, ou du moins tel que je crois être !... Maintenant, reprenez votre interrogatoire, je suis prêt à répondre à vos nouvelles questions.

Le Batteur d'Estrade avait écouté M. d'Ambron avec une attention qui approchait de la bienveillance et qui touchait presque à l'admiration.

— Comte, lui dit-il après une légère pause, c'était non le fou sublime, mais le sage par excellence, que j'aurais dû vous nommer ! Peut-être avez-vous envisagé la vie sous son unique et véritable point de vue. Plaindre ceux qui trompent, et rester soi-même fier et glorieux de n'avoir aucune trahison à se reprocher, c'est se tenir hors de la portée, sinon du malheur, au moins du désespoir... Avec de tels principes, les déceptions peuvent être pénibles, mais elles cessent d'être mortelles !...

Joaquin Dick fit une nouvelle pause ; puis, d'une voix sourde et qui ressemblait à un sanglot étouffé, il reprit :

— Seulement, pour rester fidèle à vos principes, il faut que vous n'ayez jamais sincèrement, follement aimé !... Non, vous n'avez jamais aimé !...

Il y avait dans l'accent morne, avec lequel Joaquin prononça ces derniers mots, l'expression d'une si profonde et incurable douleur, que le jeune homme tressaillit.

— Vous souffrez, Joaquin ? dit-il doucement...

— Non... non !... s'écria le Batteur d'Estrade avec force ; non !... Cette consolation ne m'est plus même permise !... Souffrir, c'est vivre !... Mon cœur, à moi, est mort ! mort à tout !... à la haine comme à l'espérance !...

Joaquin s'arrêta, et passant sa main sèche sur son front brûlant :

— A quoi me sert de vouloir me révolter contre l'évidence ? poursuivit-il... La douleur ne doit-elle pas toujours l'emporter à la fin sur l'orgueil ?... Oui... je souffre !... comme jamais homme n'a souffert.

Le Batteur d'Estrade se leva, ouvrit la fenêtre, et y resta quelques minutes ; quand il revint reprendre sa place sur la causeuse, aucune trace d'émotion ne se remarquait plus sur son visage !..

— De quoi parlions-nous donc ? dit-il d'un air ironique et distrait... Ah ! d'amour! c'est là un charmant sujet qui me cause, chaque fois que je le traite, d'agréables distractions ? Vous n'avez pas répondu à ma question tout à l'heure, comte !... Avez-vous été souvent amoureux ?

— Il y a deux mois, je vous aurais dit : oui ; aujourd'hui, je réponds : non !

— Il y a deux mois signifie sans doute avant votre séjour au rancho de la Ventana ?

— Permettez-moi, señor Joaquin, de vous faire observer que votre curiosité dépasse les limites de notre convention, et éveille dans mon esprit un singulier soupçon !

Notre convention n'a pas de limites : nous nous sommes promis une franchise entière et réciproque. J'use donc de mon droit comme vous userez tout à l'heure du vôtre, si

bon vous semble ! Quel est, je vous prie, ce singulier soupçon que ma question vient d'éveiller dans votre esprit ?

— Que vous aimez Antonia, et que la jalousie est le mobile qui vous a conduit à me demander cette entrevue.

— C'est possible, répondit froidement le Batteur d'Estrade. Quand ce sera votre tour de m'interroger, il vous sera très-facile d'éclaircir vos doutes. En attendant, je continue. Vous aimez Antonia, bien ; mais vous avez trop vécu pour vous abandonner à l'enivrement de cette passion sans avoir l'arrière-pensée d'un dénouement. Quel terme ou quel résultat assignez-vous à cet amour ?

— Je vous jure, Joaquin, que je n'ai jamais songé à cela ; car j'en suis encore à me demander si cet amour, que vous acceptez comme un fait accompli, n'est pas plutôt un caprice de mon imagination qu'un désir et un besoin réels de mon cœur ; si la présence d'Antonia ne détruirait pas le prisme éblouissant à travers lequel j'aperçois cette adorable créature ; si, en un mot, la réalité ne tuerait pas le souvenir !

— Alors, vous comptez revoir Antonia ?

— Oui... mille fois oui !...

— Et si cette seconde épreuve lui est défavorable, si vous ne la retrouvez plus telle que vous la représente votre imagination... n'accorderez-vous pas une heure d'attention à celle qui n'aura plus votre amour?

— Non, Joaquin... non !... il faut que je me sois mal expliqué ou que vous ne m'ayez pas compris... sans cela un pareil doute ne vous serait pas venu !... j'ai éprouvé toute ma vie un véritable culte pour les femmes, et je n'ai pu parvenir encore à m'expliquer le dénigrement systématique de notre siècle à leur égard. Je comparerais volontiers la femme réellement femme, — car il y a en tout des exceptions, à un sourire de la Providence ! Mère et épouse, elle veille sur notre berceau et pleure sur notre tombe !...

De même que nous sommes avides de plaisirs, la femme a soif de dévouement ! sacrifier ses goûts, ses penchants, ses espérances au bonheur de celui qu'elle aime est pour elle une suprême volupté ! elle met une si paisible et si charmante gaieté dans l'accomplissement de la sublime et pénible mission que Dieu lui a donnée à remplir sur la terre, que nous ne nous doutons même pas de ses courageux efforts. La femme sait être grande sans ostentation, héroïque avec simplicité ! Cette faiblesse que, dans notre sot orgueil, nous regardons comme un signe d'infériorité, me paraît être au contraire la marque de sa supériorité. Dieu a voulu la préserver ainsi de nos luttes stériles et insensées ; il nous a donné un bras nerveux pour frapper et détruire, il lui a accordé un cœur généreux pour aimer et consoler... Nous sommes la forme, elle est le sentiment. Je n'entends point prétendre, Joaquin, qu'aucune désillusion n'ait assombri mon existence. J'ai vu mon amour indignement méconnu ; de tristes réveils ont fait évanouir mes plus beaux songes !... Oui, c'est vrai, mais la cause première de mon malheur était ma propre imprudence. Tels que notre éducation nous a faits, nous avons un déplorable penchant à chercher le bonheur dans l'éclat du rang, dans la splendeur de la fortune. Au lieu de nous adresser à la vraie femme, nous portons nos vaniteuses adorations à la créature sans sexe et sans cœur que le stupide caprice de la mode a mise en évidence pour un jour!

Vous me jurez, marquis, que cela est vrai? demanda-t-elle. (Page 21.)

peut-être bien aussi, est-ce un hommage involontaire et instinctif que nous rendons à la vertu, en n'osant pas franchir le seuil paisible de ces calmes demeures où s'épanouissent, au milieu des douces joies de la famille, ces frêles et chastes enfants qu'un regard trop tenace ferait rougir, et qui, devenues épouses, se changent en lionnes indomptables et vaillantes, dès qu'il s'agit de l'honneur de l'homme dont elles portent le nom !... Quoi qu'il en soit, et quels qu'aient été les mécomptes de ma vie, je n'en ai pas moins toujours eu la conviction que toute femme qui n'a pas une tache au front y porte une couronne.

M. d'Ambron s'était exprimé avec une enthousiaste conviction qui donnait un charme et une force extraordinaires à sa parole. Joaquin Dick, impassible, avait rallumé une cigarette.

— Ainsi, comte, dit-il froidement, vous ne seriez pas éloigné d'épouser la señorita Antonia?

Cette question ne parut causer aucun étonnement au comte.

— Il faut à ma nature le bonheur sans bornes d'un amour sincère, ou le fracas éclatant de la gloire, répondit-il après un moment de réflexion. Si je rencontrais sur ma route l'amour que je rêve, je renoncerais aisément à la gloire.

— Quand même la personne qui vous offrirait cet amour serait d'une condition à ternir, par son alliance, l'éclat de votre blason.

— Encore une fois, Joaquin, nous ne nous comprenons pas. Si Antonia était telle que j'ai cru la voir, telle que je la vois encore, je n'hésiterais pas un instant à lui offrir mon nom. Ma noblesse engage, à mes yeux, mon honneur et non mon bonheur.

A ces paroles le Batteur d'Estrade se leva vivement; et, s'avançant vers le comte d'Ambron :

— Monsieur, lui dit-il, quand je suis entré ce matin chez vous, vous ne m'avez pas tendu votre main... et vous avez eu raison... Vous êtes un vrai gentilhomme, je ne suis pas pas digne de votre amitié ! Voilà dix-huit ans que nul sentiment humain n'a fait battre mon cœur! J'espérais mourir sans avoir à estimer un homme... La fatalité ne l'a pas voulu! Je dois peut-être porter, dès ici-bas, la peine de mes fautes, et le respect que vous m'inspirez est déjà pour moi un commencement de châtiment! Ne m'interrompez pas, comte !... Cet aveu m'est à la fois salutaire et cruel... Je ne vous cacherai pas qu'en commençant cet entretien,

5.

j'espérais vous trouver tout autre que vous ne vous êtes montré...

Cependant, mon repentir n'est pas encore bien complet... je ne vois en vous qu'une exception au reste de mes semblables... Je n'en suis pas encore au remords... mais j'éprouve déjà des doutes... des doutes, moi, Joaquin ! Oui, oui, des doutes... Monsieur d'Ambron, vous avez loyalement tenu votre promesse ; vous ne m'avez rien caché... je suivrai votre exemple : ma franchise sera égale à la vôtre !... je suis prêt à déchirer pour vous le voile qui couvre mon passé !... Un dernier mot. Me promettez-vous, lorsque vous me connaîtrez tel que je suis, que vous me direz, sans aucun ménagement, votre opinion sur mon compte ? Quant à votre discrétion, ce serait vous faire injure que de vous la demander... j'ai, depuis hier, votre parole !...

Il y avait, dans la façon dont le Batteur d'Estrade accentua ces phrases brèves et hachées, un accent de sincérité et de douleur qui impressionna vivement le comte. Il comprit combien cet homme, ordinairement si orgueilleux, si cruellement railleur, et doué d'une si fière indépendance, avait dû souffrir avant de se résoudre à une pareille démarche.

— Joaquin, dit-il, si vos actions n'ont abouti qu'à faire votre malheur personnel, elles ne sont pas des fautes. Par exemple, je ne blâmerai jamais l'homme qui se ruinera pour satisfaire ses goûts, si cet homme n'a pas de femme ou d'enfants, et qu'il sache ensuite courageusement et noblement supporter la misère. Le bonheur est si rare et si fugitif sur la terre, qu'on ne doit pas en vouloir à ceux qui, l'ayant momentanément à leur portée, l'escomptent au détriment de leur avenir... Ma morale n'a rien de l'âpre et farouche vertu de Caton !... J'accorde à chacun le droit d'écouter ses propres passions et de leur obéir, en tant que cette faiblesse ne portera préjudice qu'à soi seul, et n'aura aucun contre-coup dans la famille ou la société. Vous le voyez, je ne suis pas un juge sévère : vous pouvez parler devant moi sans crainte !...

Joaquin Dick secoua lentement la tête.

— Vous venez de me condamner à l'avance, répondit-il ; car si j'ai cruellement souffert, je me suis bien impitoyablement vengé. N'importe, vous avez ma parole, je ne reculerai pas. Écoutez-moi.

XVI

IL Y A DIX-HUIT ANS.

Le Batteur d'Estrade se recueillit pendant une minute, puis d'une voix dont le timbre froid et monotone prouvait qu'il en surveillait et en modérait les intonations, il reprit la parole :

— Comte, dit-il, je vous demanderai la permission de continuer à m'appeler pour vous Joaquin Dick ; ce n'est pas que j'aie la moindre défiance de votre discrétion, loin de là ; mais mon véritable nom appartient à l'histoire, et je n'ai pas le droit de l'exposer au mépris. Ma famille, dont je suis, ou, pour être plus exact, dont j'étais le dernier re-

présentant, car on me croit mort depuis longtemps, tient une des plus glorieuses places dans les annales nationales de l'Espagne ; mon blason est surmonté d'une couronne ducale ; je suis grand d'Espagne de première classe, et *caballero cubierto* (1).

— Vous êtes duc et grand d'Espagne, señor Joaquin ? répéta M. d'Ambron avec un profond étonnement.

— Oui, comte ! si vous saviez combien toutes les vanités humaines me semblent maintenant choses puériles, vous comprendriez que je n'obéis nullement, en vous révélant mon rang, à un amour-propre mesquin ; vous cacher cette circonstance, c'eût été jeter de l'obscurité dans mon récit !... Les positions sociales expliquent souvent mieux certains actes, que ne pourrait le faire la logique des passions !...

A l'âge de quatorze ans, je devins orphelin. Ma mère, fille d'un lord de la chambre haute, m'avait enseigné la langue anglaise, que je parlais aussi correctement que l'espagnol ; après sa mort, mon père, ancien ami du roi Joseph, m'envoya en France pour y faire mes études. J'avais alors treize ans.

J'ignore encore et j'ignorerai sans doute toujours les intrigues ou les motifs qui s'opposèrent à mon retour immédiat dans ma patrie, lorsque la mort du duc m'eut rendu le chef de la famille ; j'avais des tuteurs pauvres. Il est possible que mon absence leur fût utile et profitable.

J'entrais dans ma dix-neuvième année lorsque je revis pour la première fois le beau ciel de l'Espagne. Vous tracer mon portrait à cette époque, ce serait éveiller votre incrédulité. On prétendait qu'à une âme de feu je joignais une raison au-dessus de mon âge, et que les grâces de ma personne dépassaient encore les éminentes qualités de mon esprit. J'étais un vrai prodige. Si je m'exprime avec tant de franchise sur mon compte, c'est que le misérable Batteur d'Estrade d'aujourd'hui n'est plus, à mes yeux, le même homme que le jeune duc d'autrefois. Quand je me reporte à ce que j'étais à ce temps de ma vie, il me semble que je pense à un mort. J'avais, à cette époque, un bien terrible défaut : je croyais à la bonne foi de tous les hommes, à l'amour de toutes les femmes, le doute n'avait jamais éclairé mon esprit ; ma seule ambition était d'avoir une maîtresse et un ami ; la fatalité ne tarda pas à exaucer ces vœux insensés.

Je retrouvai dans une cousine que j'avais laissée enfant la plus adorable jeune fille que l'imagination puisse rêver, le type parfait de la beauté idéale ; j'en devins éperdument amoureux ; elle se nommait, ou, pour être plus exact, je la nommerai Carmen. A quoi bon vous tracer son portrait ? Cette tâche serait au-dessus de mes forces ; et puis, vous qui avez vu Antonia, vous connaissez Carmen !... jamais ressemblance plus exacte, plus extraordinaire et plus fortuite n'a existé sur la terre. Parez Antonia des séductions que donne l'usage du monde, et vous aurez Carmen telle qu'elle était lorsque j'avais à peine vingt ans, et que je ne vivais que pour elle ! Je dois l'avouer encore, maintenant qu'une implacable et cruelle expérience a mis en fuite toutes mes illusions, jamais plus belle âme n'avait animé une plus adorable enveloppe : chaque jour, chaque heure, chaque

(1) Les caballeros cubiertos sont les gentilshommes qui ont le droit de rester la tête couverte devant le roi.

minute me révélait, en Carmen, une nouvelle perfection. Aussi, le sentiment que j'éprouvais pour elle ne tarda pas à devenir une véritable idolâtrie! Si Carmen fût morte, et pourquoi n'en a-t-il pas été ainsi, je n'aurais pu lui survivre; je me serais tué! Si ma bonne étoile m'avait servi dans mon amour, je n'avais pas non plus à me plaindre du côté de l'amitié. J'avais rencontré deux jeunes caballeros accomplis, des compagnons dévoués, toujours prêts à applaudir à mes succès et à partager ma mauvaise fortune. Je me sentais si parfaitement heureux, que parfois je souhaitais qu'une légère contrariété vînt faire tache à mon ciel d'azur; j'étais presque effrayé de mon bonheur.

Deux années, les plus belles de ma vie, car la réalité, quelque resplendissante qu'elle soit, n'atteindra jamais à l'enivrement des rêves, passèrent ainsi pour moi avec la rapidité d'un jour.

Libre de mes actions, n'ayant aucun contrôle à subir, aucune autorité à consulter, je demandai et j'obtins la main de Carmen : notre mariage fut fixé par sa famille à trois mois de là.

Sur ces entrefaites, le hasard de mes relations me fit faire la connaissance de certains caballeros qui, mécontents de leur position à la cour, s'occupaient activement de politique. Ils me parlèrent d'honneur, de patrie, je ne les écoutai pas; mais lorsqu'ils me montrèrent dans un avenir prochain une gloire éclatante à acquérir, une gloire qui devait rejaillir sur Carmen, je prêtai l'oreille à leurs propos... Peu après, à force de s'adresser à mes généreux sentiments, ils finirent par exalter mon indignation et par me faire croire que du redressement de leurs propres griefs, et de l'accomplissement de leurs ambitions, dépendaient la prospérité et la grandeur de l'Espagne. J'étais jeune, ardent, confiant et téméraire, je devins, entre leurs mains perfides, un précieux instrument!... On pouvait compter sur moi pour l'action, et me sacrifier après la défaite... J'avais donc toutes les qualités que recherchent les habiles dans ceux qu'ils emploient à l'édification de leur fortune!... On me fit conspirer. Carmen, c'est une justice que je dois lui rendre, ne fut pas longtemps à s'apercevoir du changement qui s'était opéré en moi depuis que je m'étais laissé entraîner dans ces déplorables intrigues; elle me pressa de questions et obtint enfin, sous la foi du serment, mes aveux les plus complets. Je livrai à ce qui me semblait être l'amour, ce que je croyais être l'honneur. Ah! que j'étais donc jeune, et comme je jouais sottement mon rôle dans la burlesque comédie de la vie!... A cette révélation inattendue, Carmen, je dois encore le reconnaître, eut un beau mouvement; elle pleura... j'ignorais, à cette époque, que les femmes se parent de leurs larmes, de même que de perles et de diamants... Un moment atterré, je fus sur le point de renoncer à tous mes projets... Je devinai presque le piége qui m'était tendu, j'entrevis à moitié le gouffre qui s'ouvrait sous mes pas... Mais, hélas! il est une vérité que je n'ai cessé de proclamer depuis, et dont je fis alors la cruelle expérience : c'est que ce qui est écrit là-haut doit s'accomplir ici-bas!... Notre destinée doit avoir forcément son cours. Après m'avoir bien convaincu de la tendresse et de la sensibilité de son cœur, Carmen voulut me prouver l'héroïsme de son âme. Elle me dit que je me devais à mes serments, à mon nom; tout en regrettant de me voir en-

gagé dans une voie aussi périlleuse, elle ne ferait rien pour m'en détourner, car elle ne voulait pas que j'eusse, un jour, le droit de lui demander compte de mon honneur. Bref, elle eut de ces magnifiques paroles castillanes qui remuent fortement le cœur de la jeunesse et amènent un sourire de pitié sur les lèvres des vieillards. J'étais dans l'enthousiasme. Carmen me paraissait une incomparable créature! Elle me fit jurer que je la préviendrais quand sonnerait l'heure du combat, car elle voulait s'associer à mes dangers par la prière et par la souffrance. Je le lui promis!

Je ne vous décrirai pas, comte, le triste spectacle de ces luttes qui, il y a dix-huit ans, ensanglantaient l'Espagne! J'ai hâte de terminer ce récit. Qu'il vous suffise de savoir qu'une semaine plus tard j'escaladais, vers le milieu de la nuit, le balcon de la chambre de Carmen!... C'était le lendemain au point du jour que je devais descendre dans l'arène.

Quelle nuit, mon Dieu!... Jamais la douleur humaine ne trouva de plus admirables accents!... Carmen était sublime de désespoir, éblouissante de beauté. Quelle incomparable comédienne!... Mais non, Carmen était alors sincère... elle croyait à son désespoir. Elle était encore si jeune!

Joaquin Dick s'arrêta, et, laissant tomber sa tête dans ses mains, il resta pendant quelques minutes immobile comme un mort. M. d'Ambron le considérait d'un œil attendri et respectait son silence. Enfin relevant la tête :

— Oh! cette nuit est présente à ma pensée comme si elle datait d'hier... son souvenir me brûle le sang et me cause des transports de fureur à me faire craindre pour ma raison!... Bah! la vie est une saynète dans laquelle chacun remplit du mieux qu'il peut l'emploi qui lui semble le plus approprié à ses moyens... j'ai joué le rôle d'amoureux, tandis que j'aurais dû choisir celui de comique; voilà tout... Il n'y a vraiment pas, dans ceci, de quoi me désoler.

— Votre gaîté m'effraye, señor Joaquin, interrompit M. d'Ambron. Ne craignez-vous pas que le récit que vous avez entrepris ne soit au-dessus de vos forces?

— Ma gaîté, comte, serait plutôt monotone qu'effrayante, répondit le Batteur d'Estrade, car voilà dix-huit ans qu'elle dure... Merci de votre bienveillante sollicitude... Ce récit peut, en effet, me fatiguer maintenant; mais j'en espère un soulagement prochain. Seulement, je suis habitué depuis tant d'années à cacher mes émotions, qu'elles doivent, lorsque je leur donne toute liberté, se manifester avec une force et une violence inusitées... Je continue. Vous connaissez la scène de Roméo et Juliette. Cela me dispensera de vous répéter les sots propos que nous tînmes, Carmen et moi, jusqu'au moment où les chants de l'alouette m'annoncèrent qu'il était temps de songer au départ.

« — Carmen, lui dis-je à travers mes sanglots, j'ai cette nuit, dans une heure de délire, ravi un ange au ciel pour en faire ma femme sur la terre!... N'oubliez point, quoi qu'il arrive, que vous êtes la duchesse de ***. Tant que nous serons vivants, aucun pouvoir humain ne saurait plus nous séparer. »

Inutile d'ajouter que Carmen me jura une fidélité éternelle. Elle joua d'instinct son rôle à ravir.

Deux heures plus tard, des coups de fusil pétillaient dans les rues; à la fin de la journée, j'étais dans un cachot. Les habiles qui m'avaient si adroitement poussé en avant, et qui avaient eu grand soin de ne pas trop se compromettre, et surtout de ne pas s'exposer, essayaient de tirer un petit profit de leur soumission ; la conjuration avait complètement échoué.

Je restai pendant trois semaines au secret, sans voir une seule personne ; enfin, mes deux amis obtinrent la permission de pénétrer jusqu'à moi. Quels embrassements ! que de larmes ! L'entrevue fut des plus touchantes. Ma première parole fut pour m'informer de Carmen. Elle était en proie à une douleur sans nom ; elle appelait la mort... ses parents avaient la plus grande peine du monde à la retenir... elle voulait courir vers moi, son amant, son mari... car non-seulement elle avouait hautement sa faiblesse, mais encore elle s'en glorifiait ! Vous devinez aisément mes transports !... Mes deux amis me promirent une prompte délivrance. Grâce à leurs incessantes et infatigables sollicitations, ils étaient à peu près certains de me tirer de ce mauvais pas. Toutefois, et si, contre toute attente, leurs espérances ne se réalisaient pas, ils s'étaient assuré les moyens d'une évasion ! De toute façon je devais donc me trouver bientôt réuni à Carmen !... Dans les prévisions d'une fuite prochaine, je remis à l'un de ces deux amis si dévoués une procuration complète, qui lui permettait de réaliser ma fortune ! Quels beaux rêves je fis après leur départ ! Qu'avais-je à craindre ? Rien ! Quel malheur pouvait m'atteindre ? Aucun !... L'exil ?... Carmen m'aimait !... Carmen était ma femme !... Carmen devait me suivre... Un amoureux de vingt ans n'a pas de patrie ! sa patrie est le cœur de celle qu'il aime !...

Au lendemain de ce jour, où de si délicieuses émotions firent battre mon cœur, je comparus devant un tribunal. Ce que l'on me demanda et ce que je répondis, je l'ignore. Je ne voyais dans mon jugement qu'une formalité ennuyeuse ; le résultat fut une déportation momentanée à la Havane. Le tribunal, prenant en considération ma jeunesse et mon inexpérience, s'était montré clément envers moi. J'écoutai distraitement cette sentence. N'était-il pas convenu que l'on devait me faire évader ?

J'abrége !... S'il fallait vous dire les terribles et poignantes angoisses par lesquelles j'ai passé, un mois entier ne me suffirait pas !... Et puis, on ne raconte pas dix-huit années de souffrances !

L'évasion sur laquelle je comptais ne s'effectua pas ; je fus envoyé prisonnier à la Havane.

Ma robuste et naïve croyance dans l'amitié m'aida pendant plusieurs mois à supporter ce contre-temps ; je ne doutais pas un seul instant que mes épreuves ne touchassent à leur terme ! Un coup de tonnerre me réveilla, et déchira le voile qui me cachait l'humanité ! J'appris en une minute, mais cette minute fut un siècle de douleur, à connaître les hommes !...

Deux lettres m'arrivèrent à la fois : la première était de la main même de Carmen : elle m'annonçait, en peu de lignes, son mariage avec l'un de mes deux amis ; la seconde était d'un de mes parents éloignés ; il me racontait que le misérable à qui j'avais donné une procuration, avait réalisé, joué et perdu ma fortune ! Ce que je ressentis à la lecture de la lettre de Carmen, il n'y a pas d'expression capable de le rendre. Je tombai par terre comme foudroyé !

Quand je repris connaissance, sept semaines s'étaient écoulées ; le gouverneur général, un ancien ami de mon père, m'avait fait transporter dans son palais, et veillait au chevet de mon lit. Ma convalescence passa pour un miracle. La mort manque presque toujours d'à-propos.

Ma grâce ne tarda pas à m'être accordée, mais mon état de faiblesse était si extrème, qu'il ne me fut pas possible d'en profiter tout de suite. Je dus rester près de six mois encore à la Havane !... Une seule pensée me faisait supporter la vie, j'avais à me venger !... Lorsque j'arrivai en Espagne, Carmen n'était plus : une subite et courte maladie l'avait préservée du parjure, elle ne s'était pas mariée ; quant à son fiancé, il avait été tué dans l'une des nombreuses escarmouches qui avaient lieu entre les christinos et les carlistes !... L'existence était devenue pour moi sans objet et sans but. Je pensai au suicide ! comment ne succombai-je pas à cette vertigineuse tentation? qui me préserva d'accomplir cette lâcheté ? Je ne le sais ! Peut-être bien fut-ce l'indomptable énergie de ma vivace nature qui se révolta contre cette idée d'anéantissement.

Le séjour de l'Espagne m'était devenu insupportable et impossible ; je résolus de m'expatrier. Le souvenir des grandes propriétés que ma famille avait jadis possédées au Mexique me fit songer à ce pays ; je changeai de nom et je m'embarquai pour la Vera-Cruz. A Mexico, je rencontrai un des anciens fermiers de mon père ; cet homme, devenu millionnaire en s'appropriant les richesses que le duc, obligé de fuir lors de l'expulsion des Espagnols, lui avait confiées, me refusa une place de commis dans ses bureaux et m'offrit quelques piastres comme à un mendiant. Ce dernier coup, cette suprême désillusion, au lieu de m'accabler, me rendirent tout mon courage. Je venais de trouver une voie à suivre, un projet à réaliser. J'avais à prendre une revanche de l'humanité. Je fis le serment, et jusqu'à présent je l'ai toujours fidèlement tenu, de ne plus voir dans les hommes que les instruments de ma volonté, des ennemis à combattre ou des coupables à punir ! Toutefois je suis persuadé que si quelqu'un m'eût alors généreusement tendu la main, j'aurais abandonné ma résolution !... Il y avait en moi un fond de bienveillance, de générosité réellement incroyable !... Il m'a fallu, après avoir passé par toutes les plus douloureuses déceptions, subir encore les plus dures privations de la misère pour arriver où j'en suis venu !... Après avoir vainement frappé à toutes les portes de Mexico, après avoir subi toutes les angoisses de la faim, toutes les humiliations de la pauvreté, moi, grand d'Espagne, et portant un des noms les plus illustres de l'Europe, je partis à pied, au hasard, un bâton à la main, en me remettant à Dieu du soin de pourvoir à mes besoins. L'hospitalité au Mexique, je parle, non des villes, mais de l'intérieur des terres, fait rarement défaut au voyageur, même au vagabond ! Je ne mourus pas de faim : voilà tout.

Enfin, après six mois de pérégrinations au hasard, j'arrivai en Californie ! La fortune allait enfin me sourire, il était trop tard : le malheur s'était trop rudement appesanti sur moi pour me laisser d'autre sentiment dans le cœur que celui de la haine !... Ma route était tracée... depuis lors, je n'en ai plus dévié !...

Joaquin Dick fit une légère pause, regardant fixement son interlocuteur :

— Eh bien ! comte, reprit-il, que pensez-vous de

jeunesse? Croyez-vous qu'il y ait bien des hommes qui eussent résisté à de telles épreuves ?

— Votre début dans la vie, señor Joaquin, je le reconnais volontiers, a été affreux ; mais il ne s'ensuit pas de ce que la fatalité s'est acharnée contre vous, que l'humanité entière mérite votre aversion et votre mépris.

— Vraiment ! Ainsi, à ma place, vous auriez humblement courbé la tête et pris votre mal en patience ? Mais vous ne pouvez répondre à ma question : vous n'avez jamais connu la misère.

Le Batteur d'Estrade allait reprendre son récit, lorsqu'un vigoureux coup de marteau frappé à la porte de la rue annonça l'arrivée d'un visiteur et arrêta la parole sur ses lèvres.

Le comte d'Ambron se mit à sourire.

— Les mœurs et les habitudes, dit-il, changent avec les climats. Le marquis de Hallay, si nous étions à Paris, ne m'enverrait pas ses témoins de si bonne heure ! Et qui sait ? peut-être bien vient-il en personne ! Si c'est lui, señor Joaquin, vous m'obligeriez infiniment en ne vous mêlant pas à la discussion... N'oubliez pas que prendre parti contre M. de Hallay lorsqu'il se trouverait chez moi, et que nous serions deux contre lui, ce serait enfreindre toutes les règles de l'honneur.

— L'honneur est pour moi une parole vide de sens ! N'importe, pour ne pas vous désobliger, comte, je me tairai. Seulement je vous préviens que si M. de Hallay exige une réparation par les armes, je laisserai tomber un mot dans votre dialogue... rien qu'un seul...

— Quel mot, señor Joaquin?

— Le mot « assassin » et je vous jure qu'il en résultera de deux choses l'une : ou que le marquis se jettera comme un tigre sur moi, ou qu'il baissera humblement la tête...

Le Batteur d'Estrade parlait encore, lorsqu'un pas lourd et pesant retentit dans la pièce qui précédait le petit salon où Joaquin et M. d'Ambron se tenaient; presque aussitôt on gratta à la porte.

— C'est mon domestique, dit le jeune homme ; puis élevant la voix :

— Entrez ! s'écria-t-il.

Le domestique français entre-bâilla les battants de la porte...

— Qu'y a-t-il, Pierre ?

— C'est un étranger qui demande à voir le señor Joaquin Dick.

— Cet étranger a-t-il donné son nom ?

— Non, monsieur.

M. d'Ambron consulta du regard le Batteur d'Estrade.

— Introduisez-le ! reprit-il sur un signe affirmatif de Joaquin.

Quelques secondes plus tard, la porte s'ouvrit de nouveau, et le Canadien Grandjean, revêtu de son costume de voyage et portant sa carabine à la main, fit son entrée dans le salon.

XVII

L'AMÉRICAINE ET LE CANADIEN.

L'entrée de Grandjean dans le salon du comte d'Ambron

fut majestueuse ; il ne salua pas. Il songeait vraiment bien à la politesse ! Ebloui par la vue du riche mobilier qui garnissait la pièce, il ouvrait de grands yeux étonnés, et se demandait s'il devait en croire le témoignage de ses sens. Son imagination n'avait jamais rêvé de pareilles splendeurs, et sa curiosité n'avait jamais été aussi excitée; quelles pouvaient être la destination et l'emploi de toutes ces brillantes superfluités? Il était ébahi. La voix de Joaquin Dick le rappela à la réalité.

— Qui t'a envoyé ici? D'où viens-tu? Que me veux-tu ?

— Tiens, c'est vous, seigneurie! Je ne vous avais pas reconnu sous vos nouveaux habits; ils vous font paraître plus maigre et plus petit : je préfère votre casaque de cuir!... Qui m'envoie ici? Je l'ignore...

— Tu l'ignores!

— Oh ! quand je dis que je l'ignore, c'est une façon de parler; je veux dire que la certitude me manque; pourtant en y réfléchissant bien, ce doit être çà...

Joaquin Dick fit un mouvement d'impatience.

— Au fait! dit-il, et sois bref; je n'ai pas, ce matin, de temps à perdre.

Cette invitation parut embarrasser le Canadien; néanmoins, faisant un effort sur lui-même :

— C'est un sorcier, dit-il, qui m'a chargé d'une commission pour vous !

— Un sorcier!...

— Oh! ce n'est pas un revenant, car il m'a serré la main, et j'ai senti la chaleur de sa chair... il a même une poignée de fer, c'est donc un sorcier ?

Au sérieux que mit le géant dans sa réponse, il n'était pas permis de douter de sa bonne foi.

— Voyons, assieds-toi, et apprends-nous, le plus succinctement possible, où tu as rencontré ce sorcier et ce qu'il désire de moi.

Grandjean regarda d'un air respectueux et méfiant la causeuse que Joaquin lui indiquait du doigt.

— Merci, seigneurie, je préfère rester debout... Voici le fait : je chassais hier à une quinzaine de lieues de San-Francisco, lorsque j'ai vu tout à coup surgir de dessous terre le sorcier en question... il était si bizarrement accoutré avec des peaux et des fourrures, qu'au premier abord, je le pris pour un ours gris égaré ; je levai mon rifle... mais bah ! la crosse n'était pas encore à mon épaule que le sorcier, s'élançant d'un bond prodigieux, avait déjà relevé le canon de mon arme. « Reste tranquille! me dit-il en anglais, je ne te veux aucun mal; j'ai un simple renseignement à te demander... Cette recommandation était superflue... La frayeur paralysait mes mouvements... — Parlez, Monsieur, lui dis-je (je l'appelais ainsi pour le flatter, car les sorciers n'aiment pas que l'on devine leur profession); je lui dis donc : parlez, monsieur. — Connais-tu le Batteur d'Estrade, Joaquin Dick ? continua-t-il. — Beaucoup. — Sais-tu où il se trouve en ce moment? — A San-Francisco. — Tu es bien certain de cela? — Oui. — Merci! » Comment s'en alla le sorcier, je l'ignore. Il fit semblant de courir, mais c'était sans doute pour cacher son jeu et mieux me tromper : il dut s'envoler !

— Et cette commission qu'il t'a donnée pour moi, Grandjean ?

— Je n'ai pas achevé, seigneurie. Vers la tombée de la

nuit, c'est-à-dire cinq heures plus tard, je me dirigeais, chargé de mon gibier, vers une habitation où je comptais coucher, lorsque je me sentis doucement frapper sur l'épaule ; en me retournant, je me trouvai face à face avec le sorcier.

— Je reviens de San-Francisco, me dit-il, je n'ai pu voir Joaquin Dick. Monte tout de suite à cheval et cours l'avertir que je l'attendrai demain vers midi sur la montagne du Télégraphe ! Tu m'as bien compris ?

— Ah oui ! monsieur, vous pouvez être assuré de mon exactitude à exécuter vos ordres.

Le sorcier allait se retirer, j'eus le courage de le retenir :

— Si le seigneur Joaquin me demande votre nom, que lui répondrai-je ?

— Tu lui diras que j'ai fait à pied trente lieues en cinq heures sans éprouver aucune fatigue ; ce renseignement lui suffira. Vous conviendrez, seigneurie, que cet aveu du sorcier manquait de finesse et de prudence. C'était m'avouer clairement qui il était. J'enfourchai mon cheval, et me voici !

— C'est bien, Grandjean, merci.

La façon dont la Batteur d'Estrade prononça ces mots équivalait à un congé ; cependant le Canadien ne bougea pas.

— Seigneurie, dit-il, est-ce que vous avez l'intention d'aller à ce rendez-vous ?

— Certes.

— Prenez garde, seigneurie ! Il ne faut jamais se fier à un sorcier...

— Sois sans inquiétude, Grandjean, je suis moi-même un sorcier.

— Vous !... Votre seigneurie ne se fâchera pas si...

— Non... dis toujours.

— Eh bien ! voilà déjà longtemps que je m'en doutais.

Joaquin Dick et le comte se mirent à rire ; et le géant reprenant la parole avec une émotion qu'il essayait en vain de dissimuler :

— Après tout, continua-t-il en affectant un air de conviction profonde, il y a aussi de bons sorciers ! C'est là une vérité que proclame tout Villequier !

— Merci, Grandjean. A présent, je n'ai plus besoin de toi. Tu peux t'en aller.

Cette fois, quoique l'allusion se fût changée en un ordre formel, le Canadien resta encore immobile à sa place.

— Seigneurie, reprit-il après une nouvelle hésitation, accordez-moi seulement deux minutes, j'ai une grâce à solliciter de votre bienveillance !

— Parle et sois bref !

— Depuis deux mois que vous m'avez pris à votre service, seigneurie, c'est-à-dire depuis notre départ du rancho de la Ventana, vous n'avez pas eu une seule fois l'occasion d'utiliser ma bonne volonté. Je vous vole, ni plus ni moins, votre argent...

— Tu veux que je te rende ta liberté ?... soit !

— Dame ! seigneurie, ma délicatesse...

— Il suffit ! n'ajoute pas le mensonge à l'ingratitude.

— Ah ! seigneurie, je vous jure...

— Assez !.. Tiens, prends... nous voilà quittes... Adieu !..

Le Batteur d'Estrade tendit une dizaine d'onces d'or au Canadien ; celui-ci recula d'un pas.

— Tout cet or pour moi, seigneurie ? s'écria-t-il, trop !

— Pour toi, non ! C'est le commencement de la d[c] Micheline !... Je me venge de toi sur ton pays Ledru !

— Ah ! si c'est pour Micheline, c'est tout différent, cepte, s'écria le géant, qui, les yeux brillants de joie, s avidement l'or. Maintenant, je vous donne ma parole, gneurie, que je stipulerai, comme condition premiè tout nouvel engagement, le droit de quitter mon m[a] pour me rendre auprès de vous, si jamais vous aviez be de moi.

Grandjean salua le Batteur d'Estrade et s'éloigna.

— Je perds là une bien bonne place, murmurait-il descendant l'escalier ; une place comme je n'en trouv plus, probablement, une semblable. Oui, mais servir sorcier !

Le Canadien mettait à peine le pied dans la rue, qu une jeune fille, vêtue avec une grande élégance, borda.

— Ne venez-vous point de chez M. d'Ambron ? lui manda-t-elle.

— Non.

— Cependant vous sortez de chez le comte ?

Le géant était très-laconique et surtout extrêmem timide avec les femmes.

— C'est possible ! répondit-il.

— Enfin, qui avez-vous vu dans cette maison ?

— Mon maître.

— Et votre maître se nomme ?

— Joaquin Dick.

Le Canadien allait continuer son chemin, mais un ge impérieux de la jeune fille le retint.

— Y a-t-il longtemps que vous appartenez au señor J quin Dick ?

— Non.

— Mais combien de temps ?

— Deux mois.

— Vous n'étiez pas avec lui lorsqu'il est passé derniè ment au rancho de la Ventana ?

L'étonnement que cette demande causa au géant donna une grande hardiesse ; il osa, à son tour, formu une question :

— Vous connaissez le rancho de la Ventana ? dit-il.

— Que vous importe ? Aimez-vous l'argent, mon am dit la jeune femme.

Le Canadien, qui se remettait en route, fit une pause.

— Tout le monde aime l'argent, répondit-il.

— Voulez-vous en gagner ?

Grandjean revint sur ses pas.

— Oui, je le veux bien.

— Alors, suivez-moi.

— Où cela ?

La jeune fille se mit à sourire.

— Que craignez-vous ? dit-elle, n'êtes-vous point arm C'est chez mon père que je vous prie de m'accompagn

— Ah ! c'est votre père qui a besoin de moi ! je pré cela !...

— Pourquoi ?

— Parce que... Mais, non, c'est inutile.

— Dites toujours...

Grandjean chercha un mensonge; son imagination lui faisant défaut, il se résigna à dire la vérité.

— Parce que j'ai remarqué que l'on s'entendait plus aisément avec les hommes qu'avec les femmes... D'abord ils marchandent moins... ensuite ils payent mieux. Et puis; mais, non, c'est encore inutile...

— Continuez.

Le Canadien s'était trop avancé pour pouvoir reculer.

— Et puis, poursuivit-il, quand on a une discussion avec une femme, on est très-embarrassé... on ne sait que faire... on ne peut pas la *rifler!*... Enfin je préfère, je vous le répète, avoir à m'entendre avec votre père qu'avec vous.

Dix minutes après ce dialogue, échangé en plein vent, Grandjean pénétrait, à la suite de sa conductrice, dans l'une des plus belles maisons de Montgomery-street, chez master Sharp; la jeune femme, on l'a deviné, était miss Mary.

Avant d'entrer dans le parloir, le Canadien eut une heureuse inspiration de civilité : il déposa sa carabine dans le corridor.

— Asseyez-vous, monsieur! Betsy, apportez du brandy, dit miss Mary.

Grandjean, afin de se donner une contenance, remplit à pleins bords son verre, puis il le vida d'un seul trait pour faire honneur, sans doute, à son hôtesse; au reste, ce verre ne contenait guère plus d'un demi-litre.

Miss Mary jugea le moment opportun pour entamer la conversation.

— Comment vous nommez-vous, monsieur? demanda-t-elle.

— Grandjean, pour vous servir, mademoiselle.

Le Canadien, on le voit, commençait à allonger sa phrase : l'alcool avait la propriété de le rendre bavard ; seulement : quelque excité qu'il fût, il restait timide.

— Je répète une question, à laquelle vous n'avez pas répondu tout à l'heure : Étiez-vous dernièrement avec le señor Joaquin Dick au rancho de la Ventana?

— Oui, mademoiselle, j'y étais.

— Ainsi, vous avez vu la señorita Antonia?

— Si j'ai vu Antonia? *by God!* mais voilà des années que je la connais, cette enfant! Chaque fois que je m'arrête à sa ferme, elle me donne à dîner... des dîners magnifiques, avec une nappe et des serviettes; elle est fort riche, Antonia!

— Ah! elle est fort riche!

— Je crois bien; elle a des troupeaux, des meubles, des chevaux, une carabine, du linge blanc et de la vaisselle bleue : elle a de tout !

— Et... est-elle jolie?

— La vaisselle?

— Non! cette Antonia!

— Ah! ma foi, je ne sais pas.

— Comment, vous ne savez pas? Voilà pourtant, s'il faut vous en croire, des années que vous êtes son commensal.

Grandjean se gratta l'oreille et se mit à regarder la carafe, au tiers vide, qui contenait le brandy.

— Mais buvez donc, monsieur Grandjean, en vérité, vous ne prenez rien.

Ce reproche fut pénible au Canadien; aussi jugea-t-il à propos de se disculper.

— Ce brandy est excellent, répondit-il, c'est mon verre qui est un peu petit!...

— A la bonne heure, monsieur Grandjean. Ainsi, d'après vous, la señorita Antonia n'est pas jolie? Tant pis : une jeune fille si bonne et si riche!...

— Mais je n'ai pas du tout prétendu qu'Antonia ne soit pas jolie. Je vous ai tout simplement répondu que je ne le savais pas.

— Quelle fable me racontez-vous là, monsieur Grandjean?

— C'est la vérité, miss.

Le géant acheva de vider son second verre.

— Miss, reprit-il en levant les yeux sur la jeune fille, voulez-vous que je vous avoue une chose?

— Certes!

— Eh bien! je ne connais rien aux femmes... j'ignore quand elles sont laides ou jolies.

— En vérité?

— Oui, miss, en vérité.

Grandjean se sentait de plus en plus à l'aise; il se versa le reste de la carafe.

— Elle est grande, cette señorita Antonia?

— Oh! du tout !... elle m'arrive à peine à l'épaule.

— Quelle est la couleur de ses cheveux?

— Ils sont noirs.

— Ses yeux?

— Ah çà! je n'y ai jamais pris garde.

— Sa bouche?

— Sa bouche? Attendez donc... Pas belle, petite.

— Et son teint?

— Dame! comme celui de toutes les femmes, un peu fade.

— Il paraît que tout le monde l'aime, cette Antonia? On prétend qu'il est impossible de résister à ses grâces?

— Oui, elle n'est pas méchante fille... elle vous donne de bons dîners et se sert assez adroitement de sa carabine... Quant à ses grâces, elle ne les a jamais déployées sans doute devant moi, ou bien je n'y aurai pas fait attention, car je ne les ai pas remarquées.

— Et vous, monsieur Grandjean, aimez-vous aussi Antonia?

— Mais oui... il m'est assez agréable de dîner à son rancho!

— Vous sentiriez-vous capable de vous dévouer pour elle?

— Me dévouer pour Antonia? ma foi, non! Elle est Mexicaine!

— Eh bien?

— Eh bien! je ne me dévouerai, en fait de femmes, que pour mes *payses* de Villequier!... Le reste, voyez-vous, Américaines, Mexicaines, Espagnoles et même Françaises, si elles ne sont pas normandes, ça m'est de la plus grande indifférence !

— Ainsi, s'il arrivait un malheur à la señorita Antonia... vous vous en consoleriez bien vite !

— Quel malheur?

— Si elle mourait, par exemple?

— Ça m'affligerait; car le rancho de la Ventana présente une étape très-commode pour les voyageurs qui partent de Guaymas, ou qui se rendent à cette ville.

Miss Mary réfléchit un instant; son air exprimait l'indécision, presque l'anxiété. Deux fois elle commença une phrase, et s'arrêta dès les premières syllabes. Grandjean, lui, regardait d'un œil mélancolique la carafe complètement à sec.

— Miss, s'écria-t-il tout à coup, n'aviez-vous pas l'intention de me présenter à monsieur votre père, qui désire traiter une affaire avec moi?

— Vous verrez mon père plus tard... en attendant, je le représente... Oui, j'ai une affaire à vous proposer. Avez-vous du goût pour les voyages?

— Je ne reste jamais en place. Ma vie est un voyage perpétuel!

— Ainsi, il vous serait parfaitement indifférent de partir tout de suite pour tel ou tel endroit?

— On ne peut plus indifférent!... c'est-à-dire, entendons-nous, à la condition que l'on me payerait en raison des dangers que j'aurais à courir.

— Il n'y aurait nul danger à courir.

— Tant pis!

— Ainsi, si vous vous chargiez d'accompagner une personne, cette personne aurait le droit de compter implicitement sur votre obéissance?

— Du moment où ce serait chose convenue à l'avance entre elle et moi, oui! Dans le cas contraire, c'est-à-dire si l'on exigeait un service non spécifié par notre contrat, je demanderais une gratification en sus de mes gages.

— C'est bien ainsi que je l'entends!

— Alors, miss, une fois les gages fixés, nous serons d'accord. Quelle est la personne que j'aurai à accompagner! M. votre père!

— Non, moi!

— Vous, miss! répéta le Canadien d'un ton de désappointement! ah! diable! Pardon, je voulais dire : Ah! *by God!* c'est que, ainsi que j'ai déjà eu l'honneur de vous le déclarer, je n'aime pas beaucoup traiter les questions d'affaires avec les femmes!

— Que vous importe, pourvu que je vous paye généreusement? L'argent n'a pas de sexe...

— Oh! miss, toutes les femmes sont généreuses quand elles promettent... seulement...

— Achevez!

— Seulement, quand il s'agit de régler le compte, il n'y a plus moyen de s'entendre avec elles. Je ne sais pas trop comment elles s'y prennent; mais, pour peu qu'elles vous aient remis la centième partie de ce qui vous est dû, on se trouve toujours être leur débiteur. *By God!* si on avait le droit d'assommer une femme quand elle est de mauvaise foi, ça irait encore... Mais l'usage s'y oppose. Décidément, miss, je tiens à être présenté à M. votre père.

— Mais en supposant que vos craintes soient fondées, monsieur Grandjean, quand une femme paye à l'avance, en quoi s'expose-t-on à traiter avec elle?

Le Canadien se mit à réfléchir; puis, d'une voix qui dénotait la conviction la plus sincère et la plus profonde :

— Cela ne s'est encore jamais vu, miss! s'écria-t-il.

— Vous croyez? Pourtant c'est bien ainsi que j'entends agir avec vous?

— Réellement, miss! En ce cas vous êtes pour moi monsieur votre père!...

— Combien désirez-vous par mois pour m'accompagner, me guider, et, si j'étais attaquée, me défendre?

— Soixante piastres, miss, en dehors du logement et de la table. Je dois ajouter que je couche fort volontiers à la belle étoile, et que mon rifle, si nous parcourons des pays un peu déserts, pourvoira amplement à notre nourriture. La poudre et le plomb resteraient à votre compte!

— Accepté. Où demeurez-vous?

— Moi, miss, nulle part.

— Où pourrai-je vous retrouver, si j'ai besoin de vos services?

— Me retrouver, si vous avez besoin de moi, miss? répéta Grandjean; et il se mit à rire. Je savais bien, moi, qu'on ne me payerait pas d'avance, ajouta-t-il à haute voix, mais comme se parlant à lui-même.

— Du reste, monsieur Grandjean, reprit la jeune fille, il y a une chose bien simple à faire! Si je me décide à ce voyage, ce sera dans un très-bref délai! veuillez donc prendre la peine de passer tous les jours à la maison...

— Ce que vous me demandez là est, en effet, une chose très-simple, miss... mais fort coûteuse! Vous devez comprendre que, pour ceux qui ne possèdent aucune fortune, le temps c'est de l'argent!

— Vous avez raison, monsieur Grandjean! En vérité, je suis charmée de vos raisonnements. Je vois que vous êtes un esprit sensé. Voici pour vous indemniser de vos courses quotidiennes...

Miss Mary avait retiré de son porte-monnaie un billet imprimé et l'offrait au Canadien.

— Qu'est-ce ceci?

— Une banknote de trente piastres.

Grandjean eut une contenance magnifique; il ne bougea pas!

— Prenez donc, monsieur! insista la jeune fille.

— Je vous remercie bien, miss... je n'estime pas le papier!

La fille de master Sharp regarda le géant avec une espèce d'admiration.

— Si vous vous mariez un jour, monsieur, vous rendrez votre femme bien heureuse. Voici six livres sterling.

— Cette fois, Grandjean sortit de sa majestueuse dignité; il saisit, et même avec assez de vivacité, l'or que lui présentait miss Mary.

— Je viendrai tous les jours pendant deux semaines, miss, dit-il; mais, une fois ce temps écoulé, si vous n'avez pas pris une détermination, il est bien entendu que vous n'aurez plus le droit de me réclamer ni tout ni partie de ces six livres?

— C'est bien convenu!... De toute façon cette somme vous restera acquise en dehors de vos appointements...

— N'avez-vous plus rien à me dire, miss?

— Rien, monsieur, si ce n'est à demain?

— A demain.

Grandjean se leva, salua assez courtoisement et sortit du parloir.

— Ma foi, murmura-t-il en reprenant sa carabine dans le corridor, j'ai peut-être eu tort de négliger jusqu'à ce jour autant les femmes... elles ont du bon!

Miss Mary, après le départ du Canadien, était restée dans le parloir. Son coude appuyé sur la table et sa jolie tête sur sa main, elle méditait.

L'alcool avait la propriété de le rendre bavard. (Page 31.)

— C'est une heureuse rencontre pour moi que celle de cet homme, se disait-elle: je ne pouvais mieux tomber. Quand j'ai parlé de la mort d'Antonia, il n'a pas même sourcillé!... Dieu m'est témoin que si j'avais trouvé un autre moyen pour empêcher le combat de M. de Hallay et du comte, je ne me serais pas arrêtée à celui-là!... Mais c'était le seul qui pût calmer l'amour-propre irrité du marquis... Et puis cette señorita, quelque séduisante qu'elle soit, est indigne de l'amour de M. d'Ambron... Elle ne saurait ni l'apprécier ni le comprendre. Cher comte, je vous sauverai malgré vous!...

XVIII

LE SERMENT DE VENGEANCE.

Tandis que miss Mary engageait conditionnellement Grandjean à son service, Joaquin Dick continuait son récit.

Aussitôt après le départ du Canadien, il avait repris la parole.

— Comte, dit-il, si j'avais l'intention de capter votre bienveillance, je n'aurais pas glissé aussi rapidement que je l'ai fait sur la double déception qui, en amour et en amitié, détruisit toutes les illusions de ma jeunesse. Je vous aurais raconté mes entretiens avec Carmen, heures chastes et délirantes qui élevaient mes pensées et mes sensations au-dessus des pensées et des sensations humaines, et me laissaient pressentir l'ineffable bonheur dont les élus jouissent au ciel!... Je vous aurais dévoilé les trésors de dévouement, d'abnégation et de tendresse que contenait mon cœur! Si je n'ai point procédé de la sorte, c'est que j'ai voulu laisser le calme à votre esprit, l'impartialité à votre jugement. L'épisode seul des humiliations et de la misère que j'eus à subir à Mexico aurait suffi, si je m'étais appesanti sur les détails, pour me valoir votre pitié!... Ce que j'attends de vous, ce n'est ni de la sévérité ni de l'indulgence, c'est la vérité. Je continuerai donc mon récit avec une rapidité brutale!

Arrivé en Californie, je m'engageai comme chasseur de loutres dans une compagnie d'aventuriers américains.

J'échangeai mon bâton de voyageur contre un rifle, mon costume de mendiant contre une casaque de cuir, et je m'élançai bravement, presque joyeusement, dans le désert, car on m'avait prévenu que la moitié des nouveaux trappeurs succombaient avant la fin de leur rude apprentissage, et j'espérais être bientôt débarrassé de tous les ennuis de ce monde !...

Vous ne sauriez vous faire une idée, comte, du pénible noviciat de l'homme qui se voue à la vie nomade de la Prairie ; eh bien, malgré les privations inouïes et les dangers sans nombre que j'avais à supporter, je trouvais un certain plaisir à cette épouvantable existence ; les souffrances de mon corps calmaient les souffrances de mon cœur ; et puis, il était une pensée qui souriait singulièrement à ma misanthropie, celle que personne ne s'intéressait, ou, pour être plus exact, ne feignait plus de s'intéresser à mon sort. Je me sentais si abandonné, si seul, que, par moments, je me demandais si j'appartenais bien, en effet, à la famille humaine ! Je parcourais la Prairie depuis près d'une année, lorsque mes compagnons d'aventures attaquèrent une tribu d'Indiens avec lesquels ils étaient en paix, mais qu'ils soupçonnaient possesseurs d'assez grandes quantités de poudre d'or. Cette attaque, ou, pour mieux dire, ce massacre, eut lieu pendant une fête improvisée exprès pour accomplir cet acte d'insigne mauvaise foi et de sauvage barbarie !.. Les suites de cet odieux attentat furent horribles ; on soumit à d'épouvantables tortures les malheureux Indiens blessés qui tombèrent en notre pouvoir ; pas un seul d'entre eux ne consentit à racheter sa vie par un aveu. Tous moururent la tête fière et haute, le sourire aux lèvres, l'injure et le mépris à la bouche ! Ce sont parfois de nobles et vaillantes natures que ces Indiens !.. Emporté par mon indignation, je ne gardai aucune mesure vis-à-vis de mes compagnons, je voulus prendre la défense des infortunées victimes de leur cupidité. Vingt canons et crosses de carabine se levèrent contre moi. Comment échappai-je à ce danger, je ne saurais vous le dire. Ce fut un véritable et triste miracle. Une vieille carabine, une livre de poudre, quelques poignées de balles et le désert devant moi, telles étaient mes ressources ; quant à ma position, elle n'était guère plus brillante, j'avais à mes trousses vingt bandits qui avaient juré ma mort. Il faut avouer que, pour être encore vivant aujourd'hui, il faut que je n'aie pas eu de chance. Le lendemain du massacre des Indiens, je rencontrai le dernier Peau-Rouge de cette tribu. C'était un fier et courageux vieillard : il ne pleurait plus ; il songeait déjà à la vengeance. « Frère, me dit-il, j'ai été témoin hier de tes généreux efforts pour sauver mes enfants ! Tu n'es face pâle que de visage, Dieu t'a donné le cœur d'un Indien... Veux-tu rester avec moi ? je serai ton père ! » Je ne croyais plus à rien, et cependant j'eus confiance en la parole de cet infortuné. « Oui, lui répondis-je, je resterai avec toi et je t'aiderai à te venger. » L'Indien secoua la tête en signe de doute. « Tu es brave, me dit-il, mais tu es encore bien jeune. J'ai vu des tigres devenir la proie des renards ! Non, à nous deux nous ne serions pas assez forts pour punir les assassins de mes enfants !... Je connais un homme qui vaut à lui seul une armée ; un homme juste et bon pour les Peaux-Rouges... Allons le trouver ! S'il nous accorde son appui, pas un des assassins blancs n'échappera au châtiment ! » Nous nous mîmes aussitôt en route.

J'étais tellement dégoûté de la vie, si indifférent à tout ce qui pouvait m'arriver, que je ne questionnai pas même l'Indien : je me contentai de le suivre.

Ce fut après trois jours de marche que nous parvînmes à rencontrer l'homme que nous cherchions, et si nous pûmes le rejoindre, ce fut seulement parce qu'il se montra à nous et qu'il nous attendit.

Cet homme était et est encore la créature la plus extraordinaire, l'individualité la plus étrange qui existe ici-bas ; du reste, il n'est pas une personne dans toute la Californie qui ne le connaisse de nom, car peu de gens peuvent se vanter de l'avoir vu, et le bruit de sa mort a déjà circulé cent fois.

Quel est l'âge de cet homme, je devrais dire de ce phénomène ? Nul ne le sait. Peut-être bien l'ignore-t-il lui-même. Voilà plus de quarante années que son nom retentit dans le désert, et cet être inexplicable est resté doué de toutes les facultés corporelles de la jeunesse ! Son agilité dépasse de beaucoup celle de la panthère, sa force celle du tigre, son regard celui de l'aigle. Quant à son adresse, elle reste sans point de comparaison. Là où son œil distingue un objet, la balle de sa carabine arrive !... On prétend qu'il est Américain de naissance ; on se trompe, il est né de parents anglais.

Le phénomène écouta gravement, et sans l'interrompre par aucun signe d'horreur, le lamentable récit du Peau-Rouge.

— Tu peux compter sur moi, lui répondit-il.

Puis, m'adressant la parole en mauvais anglais :

— Veux-tu te joindre à nous ?

— Oui.

Un mois plus tard, des trente et quelques aventuriers qui avaient massacré la tribu indienne, il ne restait plus un homme debout.

— Adieu, me dit notre terrible auxiliaire, si tu as jamais besoin de mon rifle, tu le trouveras toujours à ton service. Je me nomme Lennox.

Le comte d'Ambron interrompit Joaquin Dick.

— Quoi ! ce Lennox si populaire et dont on raconte des choses si merveilleuses, existe donc en effet ? Je l'avais pris jusqu'à ce jour pour un personnage de légende.

— J'ai eu de ses nouvelles ce matin même ! Je continue. Dans la dernière escarmouche que nous avons livrée aux aventuriers américains, le Peau-Rouge avait été légèrement atteint d'une balle. Soit que la fatigue eût aggravé sa blessure, soit plutôt que l'apparence extérieure de la plaie n'annonçât pas les ravages intérieurs produits par le plomb, toujours est-il que le malheureux se trouvait, deux semaines après, réduit à la dernière extrémité. « Enfant, me dit-il avant de mourir, il y a à présent entre ta race et toi une mer de sang. Tu es devenu un Indien ; jure-moi que tu resteras toujours fidèle à tes nouveaux frères ! Tu le jures ? bien. Maintenant, j'ai un grand secret à te confier ; prête-moi toute ton attention : Tu sais quelle a été la cause de la destruction de toute ma tribu ; les faces pâles prétendaient que nous avions de l'or, beaucoup d'or, et ils avaient raison. Je me hâte, car je sens que je vais mourir... Je suis le dernier descendant des anciens rois ou chefs aztèques de ce pays. Quand les faces pâles traversèrent les mers pour nous voler nos terres et nous réduire à l'esclavage, mes aïeux cachèrent leurs richesses et s'enfuirent dans les déserts. La grandeur de ma tribu disparut, mais l'or de nos ancêtres nous resta. Afin de ne pas éveiller la féroce cupidité des faces pâles, le secret de l'asile qui contient nos trésors était confié par le chef de notre tribu à son fils aîné seul. Aujourd'hui, tu es mon unique enfant : à toi mon or ! » L'Indien me donna alors les indications les plus minutieuses. Puis, sentant la mort approcher : « Enfant, me dit-il, que cet or te serve à venger tes frères. Quand ton tour viendra de quitter la terre, tu emporteras ton secret avec toi ! »

— Et cet Indien, en parlant ainsi, n'avait-il pas le délire, señor Joaquin ? demanda le comte d'Ambron.

— Cet Indien disait vrai.

— Ainsi, ce trésor des anciens chefs ou rois aztèques...

— Je le trouvai ; il m'appartient.

Un assez long silence suivit la réponse du Batteur d'Estrade.

— Réellement, señor Joaquin, dit enfin M. d'Ambron, si je ne vous savais pas incapable de passer votre temps à me débiter des contes à dormir debout, si je n'avais pas été témoin, à Paris, de vos scandaleuses dépenses, je me figurerais que vous voulez vous divertir aux dépens de ma crédulité. Ces descendants des rois aztèques, réduits à l'état de vagabonds nomades... ce secret transmis de génération en génération... ce trésor enfoui... des millions sans doute...

— Oui, comte, des millions !..

— Tout cela, permettez-moi de vous le dire, ressemble singulièrement à un roman, et même à un roman de la bonne vieille école !

— Vous trouvez, comte ! Eh bien, en ce cas, j'irai plus loin encore. Je vous apprendrai que la basse et la haute Californie abondent en trésors cachés par les Indiens aux premiers temps de la conquête... Je conçois fort bien que ces révélations vous causent un certain étonnement, à vous surtout qui n'avez jamais vécu qu'en Europe, c'est-à-dire dans un pays tellement peuplé que chacun de ses habitants est, pour ainsi dire, parqué et numéroté à sa place... et encore y découvre-t-on assez souvent des trésors... mais ici, c'est bien différent. Nos immenses déserts, qui restent des années entières sans être foulés par les pieds de l'homme, présentent des ressources et une sécurité qui ne pouvaient manquer d'être utilisées par la crainte ou la défiance. Il y a très-peu de banques et de sociétés industrielles dans le désert... Les aventuriers américains sont de fort braves gens, sans doute, mais enfin ils ne sauraient servir de notaires ou d'agents de change... L'Indien, embarrassé du placement de ses fonds, pour me servir du langage d'Europe, creuse un trou dans la terre. Cette opération, assez primitive, pèche, je le reconnais volontiers, par le côté financier... le Peau-Rouge ne touche pas d'intérêts, c'est vrai, mais aussi, en revanche, il n'a pas une faillite à craindre. Il y a aujourd'hui en Europe des gens, devenus fort gueux après avoir été très-riches, qui n'auraient pas perdu leur fortune s'ils avaient été arriérés comme des sauvages... J'ajouterai un mot... c'est que la place où mes millions dorment depuis si longtemps, et où ils reposent encore actuellement, est indi-

quée sur la plupart des anciennes cartes géographiques... La dernière carte, dressée il y a quelques années, par ordre du sénat mexicain, l'indique par ces simples mots : *Antigua residencia de los Aztecas.* Seulement, comme les savants sont des pionniers de cabinet, ils ont commis une erreur grossière dans leur indication ! Je reprends mon récit. La vue des immenses richesses que je découvris ne me causa d'abord aucune émotion. Cet or me semblait un sable brillant et inutile. Peu à peu cependant un singulier changement s'opéra en moi. Je me mis à rêver à ma fortune... j'étais troublé, inquiet, agité ! Je ne souhaitais rien, je ne désirais rien, je ne tenais plus par aucun lien à la vie ordinaire des hommes, et cependant j'éprouvais comme un impérieux besoin d'utiliser mes richesses, de faire acte de puissance. Plus tard enfin, mes aspirations prirent une forme, devinrent une idée. C'était parce que j'avais perdu ma fortune que Carmen avait, sans doute, trahi ses serments; je voulus savoir si le malheur qui m'avait frappé était une exception ou bien un événement logique, fatal, inévitable; si l'or n'exerce pas sur les femmes une fascination irrésistible, qu'elles confondent avec l'amour. Et puis, j'avais à me venger. La pensée que des hommes se croyaient aimés, que des femmes prétendaient les aimer, me causait de véritables accès de fureur. Je voulais que tout le monde fût malheureux. Ce sentiment injuste ne tarda pas à se modifier; il fit place à un projet :

Si je parviens à acquérir la conviction que les femmes donnent la préférence à l'or sur tous les sentiments humains, pensais-je, il est possible que, tout en méprisant la vie terrestre, j'en arrive à ne plus autant souffrir. A l'œuvre ! Je jure qu'excepté la violence et le mensonge, j'emploierai, pour réussir auprès des femmes, toutes les séductions, tous les moyens que procure la richesse. Je ne me laisserai prendre ni aux sourires, ni aux protestations, ni aux larmes. Je resterai un froid, un implacable observateur; j'expérimenterai sur les âmes comme les médecins font sur les corps !... A l'œuvre ! Et je partis.

Mon premier voyage en Europe me confirma plus que jamais dans mon opinion... Partout mon or triompha ! Celles qui n'acceptèrent pas mes onces, m'aimèrent parce qu'elles me savaient riche, ou, comme on dit dans le style de l'amour civilisé, parce que j'étais un magnifique parti !.. Je vous le répète, partout l'influence de mon or triompha !.. Pourtant j'avais beau me plonger dans le tourbillon des plaisirs, le souvenir de Carmen me poursuivait toujours sans pitié et sans trêve. L'adorable et trompeur visage de celle que j'avais si éperdument aimée m'apparaissait au milieu de l'orgie, et glaçait le rire sur mes lèvres !... Peu à peu je me pris à regretter mon existence du désert. La satiété se faisait sentir. Je repartis pour la Californie !... Ce que la dissipation n'avait pu me donner, l'oubli, je le demandai à la fatigue. On ignorait mes richesses, je me fis batteur d'estrade. Alors commença pour moi une nouvelle existence. Allié à la plupart des tribus indiennes, disposant par mon or de tous les aventuriers dont je pouvais avoir besoin, je devins en peu d'années le maître absolu du désert. Je me mêlais avec une fiévreuse activité à toutes les intrigues, à toutes les entreprises, à tous les combats; je recherchais les fortes émotions du danger et de la violence, de même qu'un voyageur, haletant de soif, aspire après une

source d'eau vive. Combien de crimes qui, sans moi, seraient restés impunis, ont été suivis d'un châtiment mys-
térieux et terrible !

Que vous dirai-je, comte? ce rôle de Providence finit
par me paraître monotone. Je résolus de retourner en
France. Ce second voyage ne différa en rien du premier;
j'obtins le même résultat dans més expériences. Mon or
finissait fatalement par avoir raison. Depuis cette époque
jusqu'à ce jour, je me suis arrangé et j'ai mené une double
existence : je dépense mes immenses richesses en Europe,
où l'on me connaît comme millionnaire, et je reviens me
guérir de la satiété au désert. Ici, du moins, on ne sait de
moi que ma réputation de batteur d'estrade. Je cesse d'être
obsédé par les courtisans et les parasites. Il y a même, par-
ci par-là, quelques pauvres Indiens qui sont assez contents
quand je vais frapper à la porte de leur wigwam. Ils m'of-
frent le calumet, me donnent de l'eau-de-vie et m'appellent
leur frère! Ce sont d'assez braves gens... Ils s'égorgent
bien un peu entre eux, mais, du moins, ils possèdent un
esprit de dignité et d'indépendance qui les rend bien supé-
rieurs aux Européens! Quant à leurs femmes, je les tiens en
grande estime... Ce sont de véritables bêtes de somme...
Elles ne parlent jamais de sentiment.

A mesure que Joaquin Dick avançait dans son récit, sa
parole devenait de plus en plus brève et railleuse; enfin il
s'arrêta.

— Et maintenant, señor Joaquin, dit le comte d'Ambron, êtes-vous parvenu à vous affranchir du souvenir de
Carmen?

— Carmen! je n'y pense plus! J'ai trouvé depuis lors
tant de Carmen !

Le Batteur d'Estrade fit cette réponse d'un ton dégagé;
mais presque aussitôt des larmes mouillèrent ses paupières.

— A quoi bon mentir? murmura-t-il : Carmen, cette
infâme qui a brisé mon avenir, qui, de bon que m'avait
fait Dieu, m'a rendu méchant et cruel... eh bien! je l'aime
comme jamais je ne l'ai plus aimée aux jours de ma jeunesse... je l'aime à ce point, que je suis presque jaloux de
vous entendre prononcer son nom; je l'aime encore tellement que, devant vous, un homme, je ne puis ni retenir
mes larmes ni dissimuler ma honteuse faiblesse. Oh! qui
me délivrera de son souvenir!... L'oublier... non... je ne
le voudrais pas !

Depuis que Joaquin Dick avait terminé son récit, le comte
d'Ambron avait un air de froideur qui ne lui était pas ha-
bituel : il pensait que le Batteur d'Estrade n'avait pas dit
un mot d'Antonia, dont la ressemblance avec Carmen était
si extraordinaire, et ce silence lui fournissait matière à de
graves pensées.

Il se disposait à aborder résolûment cette question si délicate et si brûlante, lorsque plusieurs coups de marteau lui
annoncèrent l'arrivée d'un visiteur.

Peu après, miss Mary faisait son entrée dans le salon.

Les deux hommes se levèrent et la saluèrent.

— Ne vous dérangez pas, messieurs, dit miss Mary, sans
accepter le siège que M. d'Ambron lui offrait, je n'ai que
peu de mots à dire. Restez, señor Joaquin, je vous
prie.

La jeune fille fit une légère pause, puis s'adressant directement au comte d'Ambron :

— Le marquis de Hallay m'a appris hier soir, monsieur,
après votre départ, qu'il avait eu une querelle avec vous, et
il a ajouté que, craignant que le motif de cette altercation
ne fût mal interprété par la société de San-Francisco, il me
serait infiniment obligé si je parvenais à vous faire agréer
ses excuses... C'est cette commission que je viens remplir... Il reste donc bien entendu, monsieur le comte, car
j'ai foi en votre générosité, que cette affaire n'aura aucune
suite et sera considérée comme non avenue.

Les deux hommes se regardèrent; M. d'Ambron ne cachait pas son étonnement, Joaquin Dick ne dissimulait pas
son sourire.

— Je vous avouerai, miss Mary, répondit le jeune
homme, que j'étais loin de m'attendre au plaisir et à l'honneur de votre visite, et bien moins encore au message dont
vous avez bien voulu vous charger. Si M. le marquis se déclare satisfait, soit, cela le regarde : c'était lui qui me demandait une réparation. Permettez-moi, néanmoins, de
trouver étrange, au point de vue de la régularité et des convenances, qu'il ait cru devoir vous choisir pour être l'inter-
médiaire de ses intentions. Quant à vous, miss Mary, veuillez agréer, je vous en conjure, toutes mes excuses et tous
mes remercîments pour le dérangement, bien involontaire
au reste, que je vous ai occasionné.

La jeune fille fit une légère inclination de tête et se dirigea vers la porte; M. d'Ambron s'empressa de la recon-
duire.

— Monsieur, lui dit-elle en arrivant dans la rue, j'aurai
besoin aujourd'hui d'un cavalier pour m'accompagner dans
une excursion aux environs de San-Francisco, et j'ai compté
sur vous. Ai-je eu tort? .

— Je suis absolument à vos ordres, miss Mary.

— Merci, monsieur. Je vous attendrai à deux heures.
Nous sortirons à cheval.

Lorsque le jeune homme remonta dans le salon, il vit
Joaquin Dick, son chapeau à la main, et prêt à s'éloigner.

— Vous partez, señor Joaquin? lui demanda-t-il.

— Oui. Je vais à mon rendez-vous avec le sorcier... Voulez-vous savoir son nom?

— Quel nom? celui de votre sorcier?

— Oui.

— Dites.

— Il se nomme Lennox!.. A bientôt, comte!

XIX

ENNOX.

Un brillant soleil inondait de ses chauds rayons la montagne du Télégraphe, lorsque Joaquin Dick, gravissant le
versant de l'ancienne baie, arriva au lieu du rendez-vous
désigné par Lennox.

L'attente du Batteur d'Estrade ne fut pas de longue durée; l'homme étrange, dont l'existence a si longtemps excité et excite encore la curiosité des populations californiennes, se leva de dessus un quartier de roche où il était assis, et vint presque aussitôt à la rencontre de Joaquin.

Le costume de Lennox était des plus bizarres. Il était entièrement composé de peaux de daims. Une espèce de justaucorps, taillé en dehors de toutes les modes connues ou usitées, et qui tenait le juste milieu entre une blouse et une casaque, lui descendait un peu plus bas que les hanches; des guêtres très-hautes, retenues par des attaches de cuir, emprisonnaient ses jambes nerveuses ; un manteau court, assez semblable à un crispin, fixé à son épaule gauche, et dont un pan était passé sous son bras droit, lui donnait un air un peu théâtral qu'augmentait encore une plume d'aigle fixée sur son chapeau de feutre, la seule pièce de son vêtement qui ne fût pas en peau de daim.

Il eût été aussi difficile de supposer un âge à cet être exceptionnel que de lui assigner une race ou une nationalité, tant le hâle épais de son teint, ses rides profondes et l'éclat de ses yeux laissaient une large marge aux suppositions et aux commentaires.

Une calebasse pleine de poudre pendait à son côté gauche; il portait à la main une carabine à pierre.

— Bonjour, Joaquin, dit-il ; tu as reçu mon message ?

— Ma présence ici répond à ta question. As-tu besoin de moi ?

— Oui.

— Que veux-tu? de l'or ?...

Lennox frappa sur la calebasse qui lui servait de poudrière, et qui rendit un son mat.

— Merci, elle est pleine. Ce que j'attends de toi, c'est un simple renseignement : sais-tu ce qu'est devenu Evans ?

— Oui, je le sais.

Lennox parut hésiter.

Joaquin Dick attendit un instant ; mais, voyant que le vieux chasseur persévérait dans son silence, il reprit la parole :

— Portes-tu une grande affection à Evans ?

— Je suis habitué à lui... J'ai été pendant dix ans son ennemi sans pouvoir parvenir à le tuer... Deux fois je lui ai traversé le corps d'une balle... deux fois il s'est guéri de cette terrible blessure... Je compris que Dieu voulait que je fusse son ami... Nous nous sommes réconciliés... Depuis lors nous nous rencontrons de temps à autre dans la Prairie... et ces rencontres, que je ne provoque pas, me font plaisir... Evans me fournit ma poudre et me raconte les iniquités des faces pâles! Il est mort, n'est-ce pas ?...

— Oui !

— Je m'en doutais... voilà six mois que je ne l'ai vu !

Lennox fit une légère pause; puis, d'une voix flegmatique :

— Tout le monde meurt, excepté moi, continua-t-il. Ma mémoire est peuplée de tombes !... Merci, Joaquin... à revoir !

— Tu pars déjà ?

— Pourquoi resterais-je davantage ici ? Le voisinage des faces pâles m'est odieux. Je sais ce que je voulais savoir...

Je retourne là-bas... Ce sera toi, dorénavant, qui m'approvisionneras de poudre...

— Un mot, Lennox...

— Dis.

— N'as-tu pas envie d'apprendre quel a été le genre de mort d'Evans ?

— A quoi bon ? A moins que j'aie à le venger !

— Tu as à le venger.

— Il a été tué ?

— Oui, tué d'un coup de carabine !

— Par un ennemi?...

— Non, par un traître !

— En ce cas, tu as raison, je dois le venger !... Tu connais l'assassin ?

— Mieux que cela! j'ai reçu les suprêmes confidences et le dernier soupir d'Evans !...

Lennox ne montra ni surprise, ni curiosité, ni émotion ; il se contenta de se rasseoir sur le quartier de rocher.

— Evans, poursuivit le Batteur d'Estrade, a mérité sa fin tragique ; car, quoiqu'il prétendît être mon ami, il conspirait contre moi lorsqu'il a été assassiné !...

— Evans ne pouvait être honnête puisqu'il était une face pâle, mais, je te le répète, j'étais habitué à lui... je ne l'oublierai jamais...

Cet aveu dans la bouche de Lennox, qui, entièrement façonné à la vie sauvage, se serait cru déshonoré s'il avait laissé voir la moindre marque de sensibilité, accusait de sa part une profonde douleur.

— Evans était cupide, poursuivit Joaquin Dick, sans ménager la mémoire du défunt, et c'est là ce qui l'a perdu !... Il n'ignorait pas que je possède beaucoup d'or, et depuis bien des années déjà, la pensée de s'approprier mes richesses le poursuivait sans cesse...

— Oui, il m'a souvent interrogé sur l'endroit où tu caches ton or.

— Mais cet endroit, tu l'ignores, Lennox ?

— Non... je le connais, répondit toujours avec le même flegme le vieux chasseur.

Cet aveu laissa Joaquin Dick impassible.

— Ainsi, c'est toi, poursuivit-il froidement, qui as fourni à Evans les renseignements qui l'ont conduit à sa perte ?

— Non, car ton or t'appartient légitimement... il t'a été légué par ses véritables maîtres, et tu l'as souvent employé à aider les Peaux-Rouges à se défendre contre les faces pâles. Il y a eu beaucoup de ta poudre de brûlée dans le désert. Écoute-moi bien. Il n'y a pas un homme au monde, quelque sûr qu'il soit de soi, qui puisse répondre qu'on n'arrachera pas la vérité à son sommeil. Nous avons souvent, Evans et moi, reposé et dormi tête contre tête.

— Merci de cet éclaircissement, Lennox, il m'évite un crime !..

— Quel crime ?

— Si j'avais eu la preuve de ton indiscrétion, je t'aurais poignardé !

— Tu aurais bien fait ! Continue.

— N'osant s'aventurer seul dans cette périlleuse entreprise, Evans s'adjoignit un audacieux compagnon. Seulement, afin de détourner les soupçons que son départ aurait pu éveiller en moi, car il se doutait que j'avais deviné ses projets, il lui donna rendez-vous dans la direction de la forêt Santa-Clara ; un misérable Indien Seris, un nommé Traga-Mescal, devait servir de guide à l'Européen avec lequel Evans s'était associé.

— J'ai trouvé le cadavre de ce Traga-Mescal dans la forêt Santa-Clara... Sa blessure m'a dit le nom de ton couteau... ensuite ?

L'Européen avait réfléchi sans doute qu'un trésor partagé perd de sa valeur ; quand il rejoignit Evans, il lui tira un coup de carabine dans le dos.

Le vieux chasseur se mit à rire.

— Quel est le sujet de ta gaieté, Lennox ?

— Je pense que quand deux faces pâles déterrent un trésor, il y a toujours l'un des deux qui tue l'autre... C'est drôle !... Quel a été la dernière parole d'Evans ?

— Ton nom...

Un tressaillement à peu près imperceptible, mais qui n'échappa pas au Batteur d'Estrade, rida le front de Lennox.

— Il y avait du bon dans cet Evans, dit-il de son ton glacial. Comment se nomme l'homme qui l'a assassiné ?

— De Hallay.

— Où demeure-t-il ?

— A San-Francisco.

— Je voudrais le voir. Pourrais-tu me le montrer ?

— Certes, mais il te faudra descendre dans la ville.

Un froncement de sourcils prouva que cette perspective ne souriait nullement au vieux chasseur ; c'était la première marque d'émotion qu'il donnait depuis le commencement de l'entretien.

— Le contact d'une face pâle m'est odieux, répondit-il ; j'ai dû faire hier un appel à toute ma volonté pour me décider à parcourir les abords de San-Francisco, dans l'espoir de te rencontrer. Il y a bien cinquante années au moins que mon pied n'a foulé le pavé d'une ville ; n'importe, j'irai...

— Quand ?

— Ce soir même... Tu m'accompagneras ?

— Soit ! Où te retrouverai-je ?

— Ici, en bas... au pied de la montagne.

Les deux hommes échangèrent une légère inclination de tête et s'éloignèrent chacun dans une direction différente.

Joaquin Dick redescendait le versant qui conduit à l'ancienne baie, lorsqu'il aperçut le comte d'Ambron qui venait à sa rencontre.

— J'ignore si ma présence ne constitue pas une indiscrétion, dit le jeune homme, et je suis prêt, s'il en est ainsi, à me retirer, mais je n'ai pu résister au désir de voir le fameux Lennox. J'ai pensé que du moment où vous m'aviez averti de votre rendez-vous avec lui, vous ne blâmeriez pas ma curiosité. Au reste, mon intention était de me tenir à l'écart.

— Lennox est parti, mais si vous tenez tellement à le connaître, votre souhait ne tardera pas à être accompli. Vous le verrez ce soir, et, si je ne me trompe, vous le verrez agir.

Joaquin et M. d'Ambron marchèrent pendant quelques instants à côté l'un de l'autre sans échanger une parole. Enfin le comte, s'adressant au Batteur d'Estrade :

— Señor, lui dit-il, l'arrivée imprévue de miss Mary et votre rendez-vous avec Lennox ont interrompu si brusquement notre entretien de ce matin, que je vous demanderai la permission de le reprendre. Bien des points sont restés dans l'ombre.

— J'aurais préféré remettre à plus tard la continuation de cette conversation, monsieur, car vous êtes encore sous la première impression de mon récit, et je crains que la réflexion n'ait pas suffisamment mûri le jugement que vous allez porter sur moi.

— Ce jugement, auquel vous paraissez vouloir bien attacher une certaine importance, señor Joaquin, il me serait impossible de le formuler, tant que vous ne m'aurez pas donné certains éclaircissements qui me manquent...

— Parlez !

— Je vous déclare tout d'abord hautement, que je ne reconnais à personne le droit de s'arroger le rôle de la Providence... c'est empiéter sur les priviléges de Dieu et de la société. Toutefois, si vos intentions étaient pures et bonnes, et surtout, en présence de la triste anarchie qui règne et qui régnait bien plus encore jadis dans ce triste pays, vous avez cru devoir prendre sur vous d'agir pour le salut de tous, je ne saurais ni vous condamner ni vous blâmer... mais cela, je vous le répète, à la seule condition que vous n'aurez jamais écouté la voix de vos passions, jamais obéi à votre intérêt personnel... Vous vous êtes mêlé, m'avez-vous dit, à toutes les violences, à tous les combats, à toutes les intrigues du désert ! Cet aveu est d'un grand laconisme et d'une extrême portée !... Oui ou non, avez-vous versé le sang humain en vous exposant à des dangers moindres que ceux encourus par les malheureux qui tombaient sous vos balles ou sous votre couteau ?

— Vous manquez de franchise ou d'énergie dans votre question, comte !... Ce que vous voulez savoir, c'est si je suis un spadassin ou un assassin, n'est-ce pas ? Ni l'un ni l'autre !... Je suis un homme qui, ayant chèrement acquis le droit de ne plus croire à rien, ne voit plus dans ses semblables que des indifférents, des ennemis ou des obstacles !... Les indifférents, je les ai méprisés ; mes ennemis, je les ai détruits !... Toutes les fois que mon intérêt personnel ou mes passions ont été en jeu, je me suis montré et j'ai été impitoyable. Je n'ai pas plus reculé devant de terribles dangers, que je n'ai été désarmé par la faiblesse de mes adversaires, et par la certitude de mon impunité !... Ce que je vous demande, comte, ce n'est pas de peser une à une les actions de ma vie, c'est de me déclarer franchement si, d'après vous, un homme qui n'a jamais manqué à sa parole, jamais trahi personne, et que tout le monde a trompé ou trahi, est coupable d'avoir pris sa revanche...

— Oui, mille fois oui, señor Joaquin, s'écria M. d'Ambron avec un accent de conviction passionnée.

— Et à cet homme, vous ne tendriez pas la main ?

La réponse du comte ne se fit pas attendre :

— Non ! dit-il, d'une voix à la fois ferme et émue.

— Je vous remercie de votre franchise, reprit froidement, mais sans colère et sans raillerie, le Batteur d'Estrade ; l'heure de ce que vous appelleriez ma conversion et de ce que je nommerai, moi, mon changement, n'est pas encore sonnée et ne sonnera probablement jamais, car votre opinion, qui devrait être d'un grand poids à mes yeux, me laisse le cœur calme et l'esprit insoucieux.

Un second silence, plus long que le premier, régna de nouveau entre les deux hommes : cette fois encore ce fut M. d'Ambron qui recommença la conversation.

— Señor Joaquin, dit-il, vous me devez un dernier éclaircissement.

— Lequel ?

— Celui de votre conduite avec Antonia. Cette conduite me paraît assez difficile à concilier avec votre cruel et coupable serment de vengeance. Antonia est jeune, belle, sans défense... Comment se peut-il que la haine que vous portez à toutes les femmes n'ait point rejailli jusque sur elle ? Comment se fait-il que vous l'ayez respectée ?

— Cette question que vous m'adressez, monsieur d'Ambron, je me la suis cent fois posée à moi-même, sans jamais parvenir à la résoudre. Antonia m'a toujours inspiré une tendresse contre laquelle je me suis souvent et en vain indigné et révolté. Mes efforts pour me soustraire à l'influence inouïe qu'elle exerce sur ma volonté, n'ont abouti qu'à constater et consolider cette incroyable et inexplicable influence. Combien de fois n'ai-je pas souhaité la mort d'Antonia !... et pourtant je sens que si mon désir s'était accompli, mon cœur, quelque insensible et desséché qu'il soit, aurait, pour la pleurer, trouvé des larmes !... Le sentiment qui m'attire vers cette enfant ne se rapproche en rien de celui de l'amour... il n'en a ni la violence ni les tempêtes... Je goûte près d'elle un calme délicieux, qui me fait presque oublier le passé... Parfois, sous la magique influence de cette douce fascination, je me suis surpris à faire des rêves d'avenir... à croire à la possibilité du bonheur ici-bas. Et cependant la ressemblance d'Antonia avec Carmen devrait, en me rappelant d'affreux souvenirs, surexciter mes mauvaises passions, augmenter et activer mon ardeur de vengeance... Qui sait même si ce n'est pas la fatale et lâche ténacité de ma première, de mon unique passion, qui m'entraîne vers Antonia ? Je crois revoir Carmen dans toute la splendeur de sa jeunesse, de sa candeur, de son amour ! C'est à ma faiblesse vis-à-vis d'Antonia que je dois les premiers doutes qui aient ébranlé mes convictions. Je me suis demandé si la vérité que j'ai placée dans les extrêmes, ne se trouve pas plutôt entre le bien et le mal ; s'il existe des hommes qui soient absolus en perversité ou en vertu ; si en nous abandonnant à nos passions vacillantes, nous ne trébuchons point à chaque pas, alors que nous nous figurons courir directement vers un but ? Il y a des moments où, irrité et humilié de l'empire d'Antonia, j'ai mentalement appelé un vengeur... souhaité sa chute... Eh bien ! je vous jure que si un homme avait osé porter la main sur sa ceinture, je l'aurais poignardé... Je n'ai pas d'amour, je vous le répète, pour Antonia... mais je suis jaloux d'elle ! J'arrive, comte, à ce qui vous est personnel. Votre rare loyauté, votre caractère chevaleresque, la fermeté de vos convictions, me font admettre qu'il peut se trouver par hasard une exception à la perfidie humaine, et que j'ai rencontré en vous cette exception. Je vous verrais avec joie être aimé d'Antonia... Je ne suis pas jaloux de vous. Pourquoi ? Je l'ignore... Peut-être l'hommage que je rends à votre vertu

ne m'est-il précieux que parce qu'il me donne la preuve de mon impartialité, et qu'il justifie mes actes de vengeance !... Maintenant, comte, il me reste à vous adresser une prière et une recommandation : la prière, c'est de vous abstenir de toute allusion aux aveux que j'achève de vous faire !... qu'il ne soit plus jamais question entre nous d'Antonia... Mon orgueil supporte une humiliation venant de moi-même et sans que rien ne m'y ait contraint, mais il ne saurait l'endurer d'autrui... Ma recommandation, c'est de bien vous tenir sur vos gardes vis-à-vis du marquis de Hallay... La démarche accomplie ce matin par miss Mary me donne beaucoup à réfléchir... J'y vois un présage du plus mauvais augure... Tenez-vous sur vos gardes, comte !... tenez-vous sur vos gardes !...

— Je vous remercie beaucoup de votre intérêt, señor Joaquin, mais je ne partage nullement vos soupçons. La démarche de miss Mary ne prouve qu'une chose, que la belle Américaine aime le marquis de Hallay, et qu'elle a craint de voir la chance des armes tourner contre lui.

— Si vous manquez de perspicacité dans cette circonstance, monsieur, au moins ne saurait-on vous accuser de fatuité...

— Je ne vous comprends pas. Expliquez-vous.

— C'est inutile. Revenons au marquis... Pensez-vous qu'un tel homme serait capable de sacrifier son amour-propre à l'attachement d'une femme ! Rappelez-vous donc la façon dont vous l'avez traité... comme un misérable goujat ! Non, non ! l'orgueil de M. de Hallay est trop immense ; sa férocité est trop réelle, pour qu'il oublie jamais l'injure que vous lui avez faite. Soyez persuadé que, pour qu'il ait laissé miss Mary accomplir sa pacifique et humiliante mission, il faut qu'il ait la certitude de tirer plus tard de vous une éclatante vengeance.

— Soit ! qu'il agisse comme il l'entendra ; j'ai confiance dans la bonté de Dieu et dans mon courage ! S'il m'attaque, je me défendrai.

— Et s'il vous provoque à son tour ?

— Je refuserai... On n'accorde pas l'honneur et l'égalité d'un duel à un assassin.

— C'est vrai, mais à la condition qu'on pourra lui dire le nom de sa victime. Or, ce nom, prononcé ailleurs qu'à San-Francisco et par toute autre personne que par moi, constituerait une calomnie et non un châtiment. Dites-moi, monsieur, connaissez-vous l'établissement de *la Polka* ?

— Certes ! c'est une espèce de cercle où l'on joue, où l'on couche et où l'on mange. C'est le plus vaste établissement de toute la ville.

— C'est cela. Eh bien, si vous voulez écouter mon conseil, rendez-vous ce soir, vers les huit heures, dans les salons de jeu de *la Polka*.

— Ces sortes de réunions ne sont guère de mon goût...

— En ce cas, promenez-vous dans Pacific-street... puis, quand vous me verrez passer, suivez-moi.

— Mais enfin, ne puis-je savoir...

Joaquin Dick se mit à sourire, et, regardant le comte :

— Quand j'étais jeune comme vous, dit-il, je ne savais pas non plus attendre. Comte, croyez-moi, la patience est la plus grande force qui existe sur la terre... A revoir ! Je traverserai ce soir, à huit heures précises, avec mon ami Lennox, Pacific-street... y serez-vous ?

— Avec Lennox ! répéta vivement le jeune homme, j'y serai...

XX

L'AVEU.

Il était deux heures ; miss Mary, revêtue d'une élégante amazone, était assise dans le boudoir attenant à son salon ; un livre ouvert reposait sur ses genoux, mais elle ne lisait pas.

De temps en temps elle consultait d'un regard inquiet les aiguilles de la pendule, puis elle se baissait ensuite pour s'assurer si le balancier poursuivait bien ses courtes et régulières paraboles ; il lui semblait que les aiguilles n'avançaient pas.

On prétend qu'à certaines heures décisives les femmes deviennent jolies par la seule force de leur volonté ; jamais miss Mary n'avait été aussi belle que ce jour-là. Son charmant visage, animé par l'irritation à la fois pleine de charme et de tourment que produit l'attente, avait une expressive mobilité qui aurait défié le ciseau de Pradier ; la statue était devenue femme !

Bientôt une subite et ravissante rougeur colora le velouté de ses joues ; elle venait d'entendre bien au loin, et malgré les rumeurs de la rue, le pas de chevaux qui se dirigeaient vers la maison de M. Sharp.

L'amour a des sens infaillibles : il perçoit des sons que l'oreille ne saurait saisir, il voit au delà de la limite que le regard le plus perçant ne pourrait franchir !

Miss Mary ne s'était pas trompée ; quelques minutes après, M. d'Ambron, suivi de son domestique, s'arrêtait devant la porte.

— Mon Dieu ! murmura la jeune fille en appuyant ses deux mains sur son cœur pour en comprimer les mouvements désordonnés, mon Dieu ! faites que mon trouble ne tourne pas contre moi !... Jamais, à aucune époque de ma vie, je n'ai eu autant besoin de tout mon sang-froid qu'en ce moment suprême qui va décider de mon existence, et jamais je ne me suis sentie si émue, si agitée, si désarmée ! O vous, mon Dieu ! qui savez la pureté de mes intentions, secourez-moi dans ma faiblesse... soutenez mon courage...

Les coups de marteau qui retentirent à la porte de la rue eurent un écho dans le cœur de la jeune fille. Les Américaines aiment rarement ; mais, quand elles s'abandonnent à la passion, elles payent en une seule heure tout l'arriéré de leur longue indifférence.

Miss Mary s'était si bien préparée à recevoir le comte ; elle avait, — un habile général ne néglige aucun détail, — si bien étudié son salut et sa révérence, que quand l'émotion la prit à la gorge, elle fut d'une déplorable gaucherie.

M. d'Ambron ne remarqua pas cette réception embarrassée ; il était si loin de se douter de l'impression qu'il produisait sur la jeune fille !

Il s'inclina gracieusement devant elle, s'informa avec une parfaite indifférence et une exquise politesse de l'état de sa santé, lui adressa un compliment sur le bon goût de son amazone, et finit en lui disant qu'il était complétement à ses ordres. Ces paroles banales, relevées par une voix harmonieuse et un grand usage du monde, émurent délicieusement miss Mary, et lui rendirent un peu de confiance. Dix minutes plus tard, la jeune fille et M. d'Ambron traversaient, au pas de leurs chevaux, les rues de San-Francisco.

— Avez-vous un but à votre excursion, miss Mary ? demanda le jeune homme.

L'Américaine se troubla.

— Certainement, monsieur, répondit-elle en hésitant, sans cela je n'aurais pas osé vous déranger... abuser ainsi de vous. Mon père m'a priée de me rendre à... à... la *Mission*...

— Si je ne me trompe, miss, ce que vous appelez la Mission est une bourgade située à quelques lieues de San-Francisco.

— Oui, monsieur.

— Alors, comme il commence à se faire tard, nous activerons, si vous le voulez bien, l'allure de nos chevaux.

— Volontiers, monsieur.

— Je réfléchis, comte, reprit peu après la jeune Américaine, que la Mission est bien éloignée. Si cela vous est indifférent, nous remettrons cette excursion à une autre fois, et nous nous contenterons, pour aujourd'hui, d'une simple promenade.

M. d'Ambron s'inclina en signe d'acquiescement, et retint la bride de son cheval. Il était facile de voir qu'ayant pris son parti de l'acte de complaisance qui lui avait été demandé et auquel il avait consenti, il lui était tout à fait indifférent de rester plus ou moins longtemps en tête-à-tête avec miss Mary.

— Vraiment, comte, dit cette dernière, après un moment de silence, vous qui êtes habitué à la grâce inimitable et sans égale des Françaises, vous devez nous trouver, nous autres pauvres sauvages Américaines, d'un goût déplorable.

— Ce reproche très-grave, que je suis loin de mériter, est parfaitement injuste, miss Mary, dans votre bouche. Si je ne vous savais pas saturée de compliments, je serais tenté d'y voir une provocation à ma galanterie, avec l'arrière-pensée de vous moquer ensuite de moi ! Venant de vous, permettez-moi d'ajouter qu'il ressemble un peu à un petit mouvement de fatuité patriotique.

— Vous vous trompez, monsieur d'Ambron... Je vous jure que j'ai parlé sérieusement... très-sérieusement. Du reste, nous ne sommes nullement jalouses des Françaises. Si la nature leur a donné le don de plaire, elle leur a refusé, dit-on, celui d'aimer. Vos compatriotes, à ce que l'on nous raconte, n'ont qu'une seule pensée, celle de conquérir et de mériter par leur bon goût l'admiration des hommes et la haine des femmes... Ce rôle peut être éclatant à la surface, mais au fond il est bien triste et bien navrant... Dépenser toutes ses facultés et toute son énergie à

Je suppose, master Sharp, que vous ignorez que j'ai déjà tué quatre hommes? (Page 46.)

lutter contre les ravages du temps, à vouloir éloigner la vieillesse, à se cramponner à une génération nouvelle qui ne veut pas vous ouvrir ses rangs, c'est faire un déplorable abus de l'intelligence que Dieu nous a donnée !... On prétend que les Françaises meurent moralement le jour où elles reçoivent leur dernier baiser !... Pauvres femmes !... Après avoir eu une existence si mesquinement et si profondément agitée, elles se privent du calme et bel automne que la Providence nous accorde pour nous préparer à l'éternel repos... leur corps retourne au néant sans que leur âme ait vécu !.. Non, comte, nous ne sommes pas jalouses des Françaises !

Les jeunes filles américaines ont un penchant des plus prononcés aux discussions déclamatoires : elles abordent même volontiers les questions les plus ardues et les plus transcendantes de la métaphysique. Le sujet de conversation choisi et développé par miss Mary n'étonna donc nullement M. d'Ambron. Il se résigna galamment à fournir la réplique à ce qu'il croyait être l'écho d'une lecture mal comprise ou mal choisie.

— Je vous assure, miss, répondit-il, que vous avez une très-fausse opinion de mes compatriotes. De la frivolité que vous leur supposez, elles n'ont que le côté gracieux, c'est-à-dire le désir bien naturel de paraître aimables... Ce que beaucoup d'écrivains et de touristes américains ont pris chez elles pour une coupable légèreté n'est que l'expression d'un tact exquis... Les Françaises, miss Mary, n'affichent jamais leurs sentiments intimes, et ne font point parade de leurs douleurs... Elles cachent leurs souffrances sous un sourire... Leur délicate et nerveuse organisation donne un air de fête, s'il est permis de parler ainsi, aux luttes les plus déchirantes qu'elles ont à soutenir... Tombent-elles foudroyées par la violence d'une passion irrésistible, ou accablées sous le poids d'un amour méconnu, leur chute est si noble et si vaillante, qu'on doute, jusqu'à ce qu'elles soient mortes, de la réalité du coup qui les a atteintes. Le portrait que l'on vous a tracé des Françaises ressemble à celui que *John Bull* se faisait jadis de nos gentilshommes : des pantins recevant avec joie des coups de pied dans le dos, ayant leurs poches bourrées de pralines, de flacons d'odeurs, de petits miroirs, marchant dans les rues en dansant le menuet au son d'une pochette, et se nourrissant exclusivement de pattes de grenouilles.

Miss Mary avait écouté le jeune homme avec une extrême attention et un dépit réel, car sa réponse détruisait à l'avance le thème qu'elle avait préparé.

— J'admets, dit-elle, qu'il y ait de l'exagération dans ce que l'on raconte des Françaises ; néanmoins, le mariage qui, pour les Européennes, est le synonyme d'affranchissement et de plaisir, signifie pour nous abnégation et dévouement... Vos compatriotes acceptent un époux plutôt qu'elles ne le choisissent ; elles ne voient dans la perte de leur nom que le gain de leur indépendance, que la fin d'une contrainte antinaturelle, et dont elles ont hâte de se débarrasser à tout prix ; pour nous autres Américaines, c'est le contraire qui a lieu. Tant que nous restons jeunes filles, nous jouissons de la liberté la plus absolue, la plus illimitée, nous échappons aux préjugés et aux jugements du monde, nous ne devons compte de nos actions qu'à notre seule conscience... Le mariage, pour nous, c'est l'esclavage ; car, à partir du jour où un homme devient responsable de nos actions, nous ne nous appartenons plus ; nous avons un maître, et la société reprend sur nous tous ses droits... Vous conviendrez donc, monsieur, que l'amour d'une Américaine doit être bien plus sûr et bien plus flatteur que la bonne volonté d'une Française ; nous prouvons la sincérité de notre attachement par un immense sacrifice, alors que vos compatriotes réalisent simplement une bonne affaire. Nous acceptons des chaînes, elles cueillent des fleurs.

— Miss Mary, répondit M. d'Ambron en souriant de nouveau, vous avez, avec une rare adresse et une profonde perfidie, amené la discussion sur un terrain où je me garderai bien de me laisser entraîner, car j'y rencontrerais quelque redoutable embuscade, et je serais honteusement battu. Je défends les femmes d'Europe, mais je n'attaque en rien celles du Nouveau-Monde ; les unes et les autres ont une façon différente de traduire leurs qualités et leurs vertus. Au lieu de comparer, je préfère admirer, c'est plus commode et plus sage.

— Vous m'accusiez naguère d'un mouvement de fatuité patriotique, monsieur d'Ambron ? Soit ; j'accepte ce reproche... Les Américaines possèdent au dernier degré l'esprit de nationalité. Je refuse donc l'égalité que vous nous accordez, et, s'il le faut, je plaiderai, comme un grave avocat, pour vous prouver notre supériorité morale sur les femmes d'Europe, reprit la jeune fille en affectant une gaieté qui ne rentrait ni dans ses habitudes, ni dans son tempérament.

— Je joue de malheur, miss Mary. Vous avez justement choisi pour but de vos attaques le seul point sur lequel il ne me soit pas permis de céder... Je vous avertis qu'avant de me rendre j'épuiserai tous les degrés connus de la juridiction, y compris celui de la cour de cassation elle-même...

— Soit ; j'accepte la lutte.

— Vous avez la parole, miss. J'écoute.

— Comte, reprit la jeune fille après une courte hésitation, pour ne point vous pousser à bout, je me montrerai peu exigeante. Une simple concession de votre part me suffira.

— Quelle concession, miss ?

— Accordez-moi que les femmes du Nouveau-Monde l'emportent, du moins en ténacité, sur les Européennes ; que les premières ont autant de suite et de fixité dans leurs

idées que les secondes montrent de versatilité et d'inconstance, et je me déclarerai satisfaite.

— Vous vous trompez étrangement, miss Mary... Les Françaises, avec leur vive imagination, craignent peut-être la monotone rigidité de la ligne droite ; mais soyez assurée que leur marche, pour être brisée par de gracieux détours, par de hautes fantaisies de stratégie, ne tend pas moins vers un but désigné à l'avance par leur raison et par leur cœur !...

— Vous connaissez mal les femmes américaines, monsieur d'Ambron ! Elles seules sont capables d'accomplir des prodiges de volonté.

Miss Mary s'arrêta l'espace d'une seconde ; puis elle reprit d'une voix moins assurée :

— Croyez-vous, monsieur d'Ambron, qu'il soit possible à une femme de vaincre, à force de patience, de dévouement et de tendresse, l'indifférence d'un homme ?

— Certes, miss, cela arrive tous les jours.

— Eh bien, comte, assurez-moi, sur votre foi de gentilhomme, que vous avez vu une seule de vos compatriotes s'astreindre à la terrible tâche d'attendre, pendant des années entières, le sourire aux lèvres et la mort dans l'âme, un simple regard de celui qu'elle aime, et je reconnaîtrai que les Européennes nous égalent en persévérance !

— Je hais le mensonge, et l'exagération me répugne, miss Mary. Si vous n'aviez parlé que d'une année, et encore ce serait beaucoup, j'aurais pu fouiller dans mes souvenirs. Mais des années !... Il me faudrait remonter aux temps fabuleux où les Françaises n'étaient pas même encore des Gauloises. Permettez-moi de mettre en doute, si votre sincérité répond à la mienne, que vous ayez un tel exemple à me citer parmi vos compatriotes.

— J'en aurais mille, monsieur !... Et moi-même je sens que si j'avais pris Dieu à témoin de mon affection pour un homme, ni l'indifférence, ni la froideur, ni l'éloignement que me montrerait l'élu de mon âme ne seraient capables d'affaiblir l'attachement que je lui porterais...

— Cela vous semble maintenant ainsi, miss Mary, parce que vous n'avez pas encore aimé... Si vous saviez quelle horrible démence un amour méprisé vous loge au cerveau, vous ne vous exprimeriez pas ainsi...

— Et qui vous assure, comte, que ces tourments, je ne les ai pas subis ?

— Vous, miss Mary ?...

Le jeune homme allait poursuivre, mais il s'arrêta ; un vague soupçon, moins encore, un pressentiment confus, venait de jeter le trouble dans son esprit.

Miss Mary attendit un moment.

— Que penseriez-vous, monsieur, dit-elle, d'une femme qui, assurée de l'éternité de sa constance, fière de la sainteté et de l'immensité de son amour, ferait franchement, loyalement l'aveu de son affection à celui qui la lui aurait inspirée ?

— Je pense, miss Mary, que vous remplissez à merveille votre rôle d'avocat... vous vous éloignez de plus en plus de la véritable question. Tout à l'heure nous ne saurons plus, ni vous ni moi, quel est le point de départ de notre discussion... Ce sera à se croire à l'audience.

— Je vous en conjure, monsieur d'Ambron, ne plaisantez

pas. Ma question est solennelle. Que penseriez-vous, je vous le répète, d'une femme qui agirait ainsi?

— En supposant que cette femme eût toujours été chaste et vertueuse?

— Oui, murmura la jeune fille d'une voix sourde et en baissant la tête, oui, toujours chaste!...

— J'admirerais cette femme...

— Vous l'admireriez? interrompit vivement l'Américaine.

— Oui, miss Mary, je l'admirerais un peu, mais je la blâmerais beaucoup, et je la plaindrais encore davantage...

— Expliquez-vous plus clairement, comte.

M. d'Ambron prit un air sérieux qu'il n'avait pas eu pendant toute la durée de cette conversation.

— Miss Mary, dit-il lentement, en France, les jeunes filles sont entourées d'une auréole d'innocence et de candeur devant laquelle s'incline tout honnête homme... Nous considérons comme un devoir de leur accorder le respect, et comme une lâcheté ou une infamie de troubler par de brutales révélations la chaste tranquillité de leurs paisibles consciences! Je n'ignore point qu'aux États-Unis il en est autrement. Pourvu qu'on observe vis-à-vis d'elles la pruderie de l'expression, on a toute liberté de langage. Je vous en conjure, miss Mary, n'exigez point que je développe toute ma pensée, je me verrais, à mon grand regret, forcé de vous désobéir...

— Monsieur, dit la jeune fille, je me rends compte de vos scrupules, mais je ne saurais les admettre. Notre éducation nous fait femmes de bonne heure, par le cœur et par la raison... Et puis, la question que je vous adresse, monsieur le comte, n'a point pour mobile une puérile curiosité... C'est un conseil d'ami que je sollicite de vous, rien autre chose...

— En ce cas, miss Mary, je vous dirai, comme si vous étiez ma sœur : Si vous aimez, il n'y a, après Dieu, que votre mère ou votre père que vous puissiez prendre pour confidents de votre espoir ou de vos souffrances...

— Ma mère est morte et mon père me répondrait que cela ne le regarde point; ou bien, s'il m'adressait une recommandation, ce serait celle de prendre des renseignements exacts sur la fortune de celui que j'aimerais.

— Et Dieu, miss Mary?

— Dieu, je l'ai prié avec ferveur... et lorsque mes genoux se sont relevés de terre, j'avais pris la résolution d'avouer mon amour à celui qui me l'a inspiré.

— Il me semble, miss Mary, qu'avant d'en arriver à ce que je vous demandérai la permission d'appeler cette extrémité, il est cent moyens que vous pourriez employer. En général, nous nous apercevons assez vite et fort volontiers de l'intérêt qu'une femme nous porte; notre amour-propre aide, dans ces circonstances, notre perspicacité... Parfois même, il la trouble par la facilité qu'il met à prendre un vague indice pour une preuve certaine.

— Celui qui occupe ma pensée, ignore ses propres mérites, et sa modestie ne lui laissera jamais soupçonner l'ineffaçable impression qu'il a produite sur mon cœur.

Un sourire d'une incrédulité doucement railleuse entr'ouvrit les lèvres de M. d'Ambron.

Miss Mary arrêta son cheval, et, levant sur le jeune homme des yeux empreints d'une chaste hardiesse :

— Comte, lui dit-elle d'une voix nettement et harmonieusement accentuée, vous êtes celui que j'aime!

Il y avait tant de véritable passion dans l'audacieux aveu de la jeune Américaine, que M. d'Ambron se sentit ému.

— Je vous en conjure, comte, écoutez-moi sans m'interrompre, poursuivit miss Mary avec une froide exaltation, ma démarche doit vous faire comprendre que le sentiment qui me domine ne saurait prendre place parmi les amours vulgaires, autrement ma franchise serait sans excuse; elle deviendrait pour moi une honte et un remords. Je vous aime, comte, non pas parce que vous êtes jeune, riche et élégant, mais parce que vous avez un esprit magnanime! Ce n'est pas l'homme que je vois en vous, c'est l'âme. Ce que je vous demande, comte, ce ne sont ni ces soins assidus ni de ces douces paroles qui flattent si délicieusement la vanité et la tendresse d'une femme; je ne souhaite qu'une chose : que vous ayez foi en moi, que vous sachiez qu'il y a dans ce monde une pauvre créature toute dévouée, qui priera sans cesse pour vous, se réjouira toujours de vos succès, et qui serait trop heureuse si jamais l'occasion s'offrait à elle de se sacrifier à votre bonheur!... En un mot, je vous le répète, c'est mon âme que je vous donne et c'est votre âme que je veux!...

M. d'Ambron avait l'air accablé; il comprenait qu'en présence d'un sentiment pareillement exprimé, de banales protestations d'amitié seraient indignes d'un galant homme.

— Miss Mary, dit-il, en voyant que la jeune fille attendait sa réponse, j'étais si peu préparé à l'honneur que vous voulez bien me faire, que je crains réellement de n'y être pas aussi sensible que je le devrais... Votre franchise mérite la mienne : si j'acceptais le dévouement que vous daignez m'offrir, je manquerais de loyauté, car si ma raison et mes yeux rendent hommage à votre générosité et à votre beauté, mon cœur reste indifférent à ce jugement...

— Je vous comprends, comte... vous aimez une autre femme... Eh bien, j'attendrai...

Il y avait dans le ton avec lequel la jeune fille prononça ces mots, une détermination si fermement arrêtée, que M. d'Ambron jugea inutile d'insister.

Le reste de la promenade se passa dans un lourd et froid silence.

Lorsque M. d'Ambron prit congé de miss Mary devant la maison de master Sharp, l'Américaine accueillit son cérémonieux salut par un charmant et tranquille sourire, et d'une voix dont toute trace d'émotion avait disparu :

— Comte, lui dit-elle froidement, je vous assure que, tôt ou tard, vous finirez par m'aimer!

M. d'Ambron s'inclina de nouveau, et, toujours silencieux et impassible, écorcha d'un impatient coup d'éperon les flancs de son cheval.

A peine rentrée chez elle, miss Mary passa dans le parloir; master Sharp, la tête gloutonnement inclinée sur son assiette chargée de mets divers, était en train de dîner; il parut ne pas remarquer la présence de sa fille.

— Betsy, dit la jeune Américaine en s'adressant à la domestique, vous préparerez ce soir mes effets; je dois partir demain pour un assez long voyage...

Master Sharp songea bien un instant à interroger sa fille sur la cause de ce brusque départ, mais le mélange de soupe de tortue, de compote de pigeons et de *mince-pie* qui s'élevait sur la base de son assiette, en guise de pyramide, réjouissait si singulièrement sa vue, son goût et son odorat, qu'après une hésitation, dont la durée ne dépassa guère une demi-seconde, il sacrifia sa curiosité à ses gastronomiques occupations.

XXI

LA POLKA

L'établissement connu à San-Francisco sous le nom déjà si usé et si suranné en Europe de « Polka » rend d'immenses services aux habitants de la capitale de la haute Californie. Il leur permet de satisfaire, sans se déranger, toutes leurs passions dominantes : l'intempérance, la cupidité et la violence. On y trouve d'effroyables approvisionneurs de wiskey et de brandy, des tables de jeux de hasard en permanence, et des duellistes à profusion.

La Polka sert également de Bourse au commerce, et tout le monde fait le commerce à San-Francisco. C'est au comptoir, le verre à la main, que s'opèrent la plupart des transactions. Les boissons frelatées s'harmonient parfaitement avec la bonne foi des contractants, on s'empoisonne réciproquement avant de se tromper de même.

Un plaisir des plus attrayants que l'on rencontre encore à *la Polka*, est celui de la musique. Le concert commence dès le matin et ne se termine qu'à la fermeture de l'établissement. Les Américains, c'est une justice à leur rendre, sont d'intrépides mélomanes. Il est vrai qu'ils confondent volontiers une mélodie de Rossini avec l'air de M. de Marlborough, et qu'ils n'attachent aucune importance à l'harmonie ni à la mesure ; mais cela ne les empêche pas de se pâmer d'aise, dès qu'ils entendent un bruit quelconque produit par n'importe quel instrument de musique. Si une fausse honte et un malheureux amour-propre ne les portaient pas à afficher des prétentions à la musique savante, et s'ils s'abandonnaient franchement à la naïve tendance de leur propre goût, ils s'affranchiraient bien vite de l'exploitation des grands artistes européens, et tout en conservant leurs dollars, ils augmenteraient leurs plaisirs : il leur suffirait d'armer leurs domestiques de chapeaux chinois et de cymbales, et de les faire s'escrimer contre les murailles.

Master Sharp, après avoir détruit sa pyramide, bu un énorme verre de porter et dégusté quelques gorgées de wiskey, s'était mis en route pour se rendre à *la Polka*. Il avait bien songé à interroger sa fille, mais miss Mary avait quitté la table avant lui, et master Sharp détestait monter des escaliers après ses repas. Il remit ses questions à plus tard, et dans la crainte d'oublier qu'il avait à parler à sa fille avant le départ de celle-ci, il fit un nœud à son mouchoir. Chez M. Sharp, le souci des affaires n'excluait point les élans du cœur ; il savait être à la fois honnête négociant et bon père.

Lorsque le digne et excellent homme entra dans les vastes salons de *la Polka*, il y trouva une foule plus compacte et plus bruyante qu'à l'ordinaire.

— *By God!* murmura-t-il, je suppose qu'il a dû ou qu'il va se passer quelque chose d'extraordinaire ce soir !... Ah ! j'y suis... c'est aujourd'hui que le marquis de Hallay a lancé ses actions sur le marché. Cette entreprise met tout San-Francisco en révolution. Réellement je ne conçois pas que j'aie pu me décider à souscrire pour cinq cents actions. C'est miss Mary qui en est la cause ; elle m'a tant prié ; elle m'a fait de si beaux raisonnements, appuyés par tant de chiffres, que j'ai fini par me rendre à ses instances et à ses calculs. Je reconnais, après tout, que miss Mary possède un grand bon sens et un tact parfait des affaires ; et puis, si l'opération est mauvaise, je n'ai pas encore payé, je réfléchirai.

Master Sharp se promena pendant quelques instants autour des tables de jeu. Il regarda d'un air de pitié mêlée de bonhomie ses compatriotes qui s'attaquaient au pharaon, avec moins de bienveillance les Français qui se livraient au lansquenet, et d'un œil furieux les Espagnols et les Mexicains qui s'acharnaient au *monte*.

— Je ne puis supporter la vue de gens qui perdent sottement leur argent sans qu'il m'en revienne aucun profit, murmura-t-il. Il me semble qu'ils me volent. Le jeu est une stupidité et une duperie, à moins que l'on ne s'entende sous main avec le croupier qui taille les cartes, comme cela m'est arrivé souvent dans ma vie. Mais alors ce n'est plus jouer, c'est faire une affaire !

La mauvaise opinion que le digne master Sharp avait des fermiers des jeux de l'établissement de *la Polka* était-elle injuste ou motivée ? C'est ce que l'on ne saurait dire. Toujours est-il que croupiers et ponteurs s'observaient avec une égale et mutuelle défiance, et que les uns, comme les autres, étaient armés de revolvers et de poignards.

Ce soir-là, l'orchestre ordinaire de l'établissement s'étant mis en grève, on l'avait provisoirement remplacé par deux cloches et un tam-tam ; les consommateurs, loin de se plaindre de cette innovation, la trouvaient aussi ingénieuse qu'agréable, et demandaient son maintien pour l'avenir.

Tout à coup le bruit étourdissant des conversations, et quelles conversations ! fit place à un demi-silence : les croupiers cessèrent de tailler les cartes, les ponteurs de faire leurs mises, et tous les regards se dirigèrent vers la porte ; le marquis de Hallay, accompagné de quelques aventuriers français, venait de faire son entrée dans le grand salon.

Le jeune homme était un peu plus pâle que de coutume ; mais, en revanche, jamais son regard n'avait brillé d'un tel éclat ; jamais sa démarche n'avait été aussi assurée, son maintien aussi superbe. Il savait qu'il allait jouer son avenir, que du succès ou de la non-réussite de cette soirée dépendait la réalisation ou la ruine de ses plus chères espérances.

On comprenait, au retentissement sec de son pas nerveux sur le plancher du salon, qu'il arrivait avec l'intention bien arrêtée, non de solliciter des suffrages, mais d'imposer sa volonté, et qu'il était prêt, soit à relever le gant, si on osait le lui jeter, soit à subir victorieusement toutes les épreuves qu'on croirait devoir lui proposer.

La façon dont on l'accueillit fut tout en sa faveur. Les Américains estiment prodigieusement l'impudence, lorsqu'elle s'appuie sur un courage hors ligne et une force musculaire remarquable. Chacun lui offrit la main et l'invita à venir au *bar* prendre des rafraîchissements, c'est-à-dire de l'alcool à trente-six degrés.

Le marquis serra toutes les mains, accepta et rendit tous les toasts; et se mit sans plus tarder à parler de sa fameuse expédition en Sonora.

Master Sharp suivait le jeune homme d'un regard attentif et observateur.

— Je calcule, se disait-il, que M. de Hallay supporte bravement la boisson ; c'est là le signe d'un cerveau solidement constitué; oui, mais il y a cent personnes ici qui sont également capables d'absorber une semblable quantité de brandy, sans en être non plus incommodées. Or, sur ces cent personnes, il n'en est pas une seule à laquelle je voudrais confier mes fonds, et que je choisirais pour être le chef d'une aussi scabreuse et délicate entreprise. Je présume que miss Mary a manqué cette fois-ci de prudence... Souscrire cinq cents actions... à dix dollars l'action... soit cinq mille dollars, c'est trop... beaucoup trop !... Et pourtant, que répondre au marquis, quand il me sommera de remplir mes engagements? Il paraît qu'il est très-violent, ce M. de Hallay! *By God!* moi aussi je suis violent... Oui, mais il est plus fort que moi, et puis il tire le rifle dans la perfection!... Je suppose que, s'il était faible et maladroit de son corps, je romprais toute relation avec lui, et lui défendrais la porte de ma maison... Tout ceci est très-grave.

Master Sharp en était au plus fort de ses réflexions, quand un bonsoir, qu'on lui adressa, attira son attention.

— Tiens, c'est vous, *my dear* Jenkins ! dit-il du ton le plus aimable; je présume que vous vous portez bien?... Voilà bien longtemps que je n'ai eu le plaisir de vous voir ! Comment vont les affaires aux placers? Êtes-vous content de votre saison ?

— La saison a été déplorable... Je reviens sans un penny !..

La figure du digne master Sharp, qu'épanouissait un sourire, prit une expression rogue et hautaine.

— En vérité! dit-il froidement, et il tourna le dos à son *dear* Jenkins.

Le chercheur d'or Jenkins était un Américain pur sang, aussi ne songea-t-il ni à s'étonner ni à se formaliser du brusque changement que son aveu avait opéré dans les manières de son interlocuteur; il savait qu'à la place de M. Sharp il aurait agi de même.

Sa surprise ne fut donc pas médiocre, lorsqu'il vit master Sharp retourner sur ses pas et s'avancer vers lui, le sourire aux lèvres :

— Je calcule, *dear* Jenkins, dit le négociant, que la saison prochaine pourra vous dédommager de ce que celle-ci vous a fait perdre?... Vous offrirai-je un verre de gin, de wiskey ou de brandy?

— Ces trois boissons me sont également agréables.

— Eh bien, nous les prendrons toutes les trois.

— Je présume, *dearest* Jenkins, continua le bon master

Sharp, une fois qu'ils furent rendus au *bar*, que vous n'êtes pas sans avoir déjà entendu parler de la belle expédition que projette le marquis de Hallay ?

— En Sonora? Je calcule que oui...

— Savez-vous bien une chose, ami Jenkins, c'est que si vous aviez pris la priorité sur M. de Hallay, il vous aurait été cent fois plus facile qu'à lui de réussir... car enfin nous préférerons toujours, nous autres Américains, confier nos fonds à un compatriote qu'à un étranger... Et puis, en vérité, vos antécédents vous auraient considérablement servi... Vous avez l'habitude des voyages, vous êtes aventureux, hardi, robuste comme un hercule, merveilleux tireur comme tous les braves Kentuckiens... les actions de votre société auraient fait prime tout de suite... Quel malheur, vraiment, que l'idée de cette expédition ne se soit pas présentée à votre esprit! Oui, j'ose le répéter, quel malheur !

Master Sharp ne débita pas ce long dialogue tout d'une haleine; un verre de liqueur servait de point à chacune de ses phrases ; Jenkins, qui n'avait qu'à écouter, en buvait deux.

Master Sharp mit enfin un temps d'arrêt à ses doubles fonctions d'orateur et de dégustateur, et, changeant de ton :

— Mais non... non... reprit-il comme se parlant à lui-même, il vaut mieux qu'il en soit ainsi... il est si redoutable, ce M. de Hallay!... Pauvre Jenkins!... je calcule qu'il n'aurait pas pesé une once...

Le bon négociant, en murmurant ces paroles confuses, avait des larmes dans les yeux, et, à sa physionomie lugubre, on aurait dit un père pleurant la mort de son enfant.

Le chercheur d'or Jenkins le regardait avec un étonnement mêlé de colère.

— Que diable marmottez-vous là, master Sharp ! s'écria-t-il, expliquez-vous clairement. Savez-vous bien qu'avec vos réticences, vous avez l'air de prétendre que si l'envie en prenait au Français, il ne ferait de moi qu'une seule bouchée !... Je suppose que telle n'est cependant pas votre opinion ?...

M. Sharp se contenta de pousser un profond soupir.

— Mais parlez donc, master Sharp! reprit le chercheur d'or avec violence, apprenez-moi quelles sont vos pensées.

— Je pense, ami Jenkins, que si le marquis consentait à se retirer de cette affaire, nous vous acclamerions avec bien du plaisir à sa place... Et puis, je pense encore... Mais non... cette vérité vous chagrinerait... je préfère me taire.

— Par l'enfer! vous commencez à m'agacer les nerfs, master Sharp! Quelle est cette vérité qui me serait si pénible à entendre? Dites... j'écoute! Que la foudre m'écrase si, votre silence continuant, je ne vous en demande pas satisfaction !

— Oh! avec moi, Jenkins, je sais que vous n'auriez pas peur... mais, si c'était...

— Qui? mille furies...

— Bon! voici, Jenkins, que vous vous fâchez, c'est mal... *By God !* si nous n'avions pas déjà fait souvent ensemble des affaires au comptant, si vous m'étiez indifférent, j'aurais déjà depuis longtemps répondu à votre question.

— Que l'enfer m'engloutisse si...

— Jenkins, vous me poussez à bout !... Tant pis, c'est vous qui l'aurez voulu ! Je pensais donc que si M. de Hallay se doutait de notre conversation, s'il savait quel dangereux compétiteur il pourrait trouver en vous, il ne vous resterait plus qu'à quitter au plus vite San-Francisco...

— Moi ! quitter San-Francisco, et pourquoi ?

— Mais pour fuir la colère du marquis.

Jenkins donna sur le comptoir un coup de poing à étourdir un bœuf.

— Je suppose, master Sharp, dit-il, que vous ignorez que j'ai déjà tué quatre hommes.

— Je l'ignorais, en vérité, Jenkins... Mais cela ne prouve rien. Tel chasseur qui a abattu mille chevreuils se sauve devant un ours gris... Je ne présume pas que vous ayez la prétention de tenir tête au marquis...

— Vous supposez mal, Sharp.

— Quoi ! vous oseriez...

— Vous allez voir !

Master Sharp prit le chercheur d'or à bras-le-corps.

— Jenkins, mon cher Jenkins, s'écria-t-il, je vous en conjure, modérez vos transports, calmez-vous. Je calcule que je ne me consolerais jamais s'il vous arrivait un malheur. Car enfin ce serait, quoique indirectement, et bien involontairement, certes, de ma faute. Aussi, comment aurais-je jamais pû présumer que vous vous révolteriez contre la supériorité incontestable du marquis... que vous oseriez vous comparer à lui ?... J'avoue, en effet, que si vous aviez l'avantage sur M. de Hallay, votre fortune serait assurée... mais c'est là un rêve insensé... une chose impossible !... Allons, vous voilà plus tranquille... Vous vous rendez à l'évidence... vous écoutez la voix de la raison... Jenkins ! je porte un toast à votre prudence...

— Un, deux, vingt, cent toasts, autant que vous voudrez... Mais ensuite...

— Eh bien, ensuite ?

— Vous verrez.

Les deux Américains se saluèrent de leurs verres pleins de gin ; puis, du gin ils passèrent au brandy, du brandy au wiskey, et du wiskey ils revinrent au gin. Entre chaque toast, le chercheur d'or jetait un regard menaçant sur le marquis; master Sharp, dans un état de parfaite béatitude, levait les yeux au ciel; il était si content, le digne homme, d'être parvenu à calmer le fougueux Jenkins !

Le dernier toast porté, les deux Américains se séparèrent.

— *By God !* murmura master Sharp, ce Jenkins est un drôle de la pire espèce, et un solide gaillard... Je présume qu'avant peu je saurai à quoi m'en tenir sur la valeur de mes actions... si toutefois l'émission de ces actions doit être suivie de leur versement... D'aucune façon je ne puis faire une mauvaise affaire ! De deux choses l'une : ou bien il aura une hausse ce soir, ou bien il ne sera plus question demain de l'expédition en Sonora...

Le négociant, tout en se livrant à ces agréables pensées, qu'il venait de résumer en un dilemme si rassurant, ne perdait point de vue son très-cher Jenkins. Il le vit, après s'être fait brutalement, à coups de coudes, une trouée à travers la foule, aller se camper devant le marquis.

— C'est vous qui êtes M. de Hallay ?... dit Jenkins d'un ton impérieux.

Le jeune homme comprit tout de suite qu'il s'agissait d'une querelle, et que de la façon dont il en sortirait dépendait le succès ou la chute de son entreprise. Il croisa les bras, et regardant fixement le chercheur d'or :

— Oui, c'est moi qui suis M. de Hallay, répondit-il froidement, que désirez-vous ?

— Vous adresser une question.

— Parlez, monsieur ! dit le marquis avec une extrême politesse.

— Savez-vous ce que c'est qu'un *Know-Nothing* ?

— Ces deux mots l'indiquent d'eux-mêmes : un homme qui ne sait rien !...

— Vous vous trompez ! les *Know-Nothing* sont les vrais Américains qui se croient assez forts et assez instruits pour pouvoir se passer du concours intéressé des étrangers; les *Know-Nothing* sont de bons citoyens, qui entendent préserver notre beau pays de l'envahissement des vagabonds et des aventuriers que l'Europe ne veut plus ni garder ni nourrir, et qui viennent chercher chez nous ce qui leur manque chez eux, la considération et la fortune.

— Soit, monsieur ; ensuite ? demanda M. de Hallay avec la même politesse.

— Ensuite ? dites-vous. Eh bien, je présume que les justes exigences des *Know-Nothing* ne doivent pas seulement s'appliquer à la politique, mais aussi à l'industrie !... Je suppose qu'il y a parmi nous assez de gens capables, pour que nous repoussions avec indignation et mépris les aventuriers étrangers qui affichent la ridicule prétention de se mettre à la tête de nos entreprises.

— Pardon, monsieur, vous ignorez sans doute une chose, c'est que ce long et beau discours que vous voulez bien prendre la peine de me réciter, sans que je vous aie en rien sollicité, est une allusion directe à ma position ! Je suis étranger et j'organise en ce moment une expédition dont je serai le chef. Je suis persuadé que cette circonstance ne vous était pas connue, sans cela vous ne vous seriez pas exprimé avec aussi peu de ménagements que vous l'avez fait.

— Je calcule que vous êtes dans l'erreur, monsieur. Je vous connais parfaitement.

— Mais alors, c'est une injure personnelle que vous m'adressez ?

Jenkins mit la main dans la poche de son habit noir (les Américains de toutes les conditions portent presque toujours des habits noirs), et reculant vivement de plusieurs pas :

— Oui, c'est une injure ! s'écria-t-il d'un ton provocateur.

— Eh bien, franchement, je crois que vous avez tort, répondit le jeune homme avec le même sang-froid et la même tranquille politesse qu'il avait déployés depuis le commencement de cet entretien.

Un murmure spontané et désapprobateur s'éleva de tous les côtés; les habitués de *la Polka* n'en pouvaient croire leurs oreilles; eux qui avaient si longtemps tremblé devant

M. de Hallay, s'étaient-ils donc si grossièrement mépris sur son compte? Le lion n'était-il qu'un agneau? En une seconde les actions, qui étaient déjà faiblement tenues, fléchirent de trente pour cent.

Quant aux Français témoins de cette scène bizarre, ils en attendaient le dénoûment avec plus d'impatience que d'inquiétude; ils comptaient sur une éclatante revanche. Bientôt les murmures firent place à un grand silence, M. de Hallay reprenait la parole.

— Messieurs, dit-il froidement, la difficile modération dont je viens de faire preuve avait un but : c'était d'ôter tout prétexte à ce pauvre *Know-Nothing* de se servir de son revolver... car dans son état d'exaltation, il est aussi incontestable qu'il aurait blessé quelqu'un d'entre vous, qu'il est certain qu'il m'aurait manqué. Je prie les gentlemen qui se trouvent près de moi, et surtout derrière moi, de vouloir bien s'écarter un peu...

M. de Hallay n'avait pas achevé sa phrase, que le vide s'était formé autour de lui.

— Maintenant, poursuivit-il, ses bras toujours croisés sur sa poitrine, et en s'adressant à Jenkins, il vous est permis, monsieur, de tirer tout à votre aise !... Seulement, je dois vous prévenir que comme je ne puis, sans m'exposer au ridicule, vous servir sempiternellement de poupée, si vos deux premières balles restent sans effet, je me verrai dans la nécessité de vous assommer d'un coup de poing ! Ne vous pressez pas, et visez du mieux qu'il vous sera possible, car, je vous le répète, si vous me laissez vivant, vous êtes mort !...

Le chercheur d'or hésita. Le froid et tenace regard, la contenance impassible, le souverain dédain du marquis lui en imposaient.

Les actions remontèrent de dix pour cent.

— Monsieur, dit enfin Jenkins, vous vous méprenez sur mes intentions ; je ne veux point vous assassiner.

— Ce scrupule est déplacé... vous avez mon consentement... tirez !...

Les actions regagnèrent cinq pour cent ; elles n'étaient plus qu'à quinze au-dessous du pair. Le bon Sharp jugea que le moment n'était pas encore propice pour se défaire des siennes, et il attendit...

— Oh! murmura-t-il, que je voudrais que Wiseman fût ici ! comme il s'amuserait !

Ce Sharp était réellement un excellent cœur !

La réponse du chercheur d'or avait causé un certain désappointement aux habitués de *la Polka ;* un instant, ils craignirent que cet incident, qui s'annonçait si bien et qui promettait une si belle représentation dramatique, ne restât sans dénoûment. Le marquis de Hallay les rassura bientôt.

— Monsieur, dit-il à son adversaire, vous devez comprendre que si j'ai été si patient et si courtois envers vous, c'est que je suis assuré de vous tuer. On doit tolérer beaucoup de choses d'un homme qui n'a plus que quelques minutes à vivre. Notre discussion ne saurait en rester au point où elle en est; il faut forcément qu'elle aboutisse... Vous préférez un duel régulier au mode d'attaque que j'avais cru devoir vous accorder ; soit... j'y consens, mais à une condition... c'est que ce duel aura lieu ici et sur l'heure... Je ne vous connais pas, moi. Rien ne m'assure que je vous retrouverai demain...

— J'accepte, monsieur! répondit le chercheur d'or.

— Hourra pour Jenkins! hurlèrent la plupart des spectateurs américains.

— Hourra pour M. de Hallay, crièrent les étrangers.

Les actions restèrent stationnaires.

— J'ai bien envie d'envoyer un garçon de l'établissement chercher mon ami Wiseman, murmura master Sharp. Je calcule que Wiseman pourrait se refuser à payer la course : je ne l'enverrai pas.

FIN DE LA DEUXIÈME SÉRIE.

Sceaux. — Typographie de E. De....

www.ingramcontent.com/pod-product-compliance
Ingram Content Group UK Ltd.
Pitfield, Milton Keynes, MK11 3LW, UK
UKHW021713130726
13696UKWH00004B/1795